月読幽の
死の脱出ゲーム

謎じかけの図書館からの脱出

近江屋一朗・作
藍本松・絵

集英社みらい文庫

登場人物紹介
月読幽
私立天ノ川学院中等部1年（帰宅部）。
10歳にして小説を書きはじめ、父の名を借りて代筆している
天才少年小説家。するどい観察力と天才的ひらめきで難解な
謎を解いていく本作の主人公。
にゃあもり
旧図書館にいたコウモリ。
コウモリだが、なぜか
ネコに似てかわいい。
日向太陽
幽の同級生。
私立天ノ川学院中等部1年
（サッカー部）。
心やさしく、友達思いで
誰とでも友達になれる。
動物にも好かれやすく、
自身も動物好き。
星雫
幽の幼なじみ。
私立天ノ川学院中等部1年（バドミントン部）。
クラスの学級委員でおせっかいだが、
いざというときは幽をたよりにしている。

月読礼
幽の父。
世界中にファンを持つ有名小説家。
「死の十二貴族」の完全犯罪をあばく
小説『終わりの貴族』の著者だったが、
幽が5歳の時に行方不明に……。
レオ
犯罪組織「死の十二貴族」のメンバー。
目的のためならどんな犠牲もいとわない冷酷な男。
月読礼のファンで、その息子・幽を気にいっている。

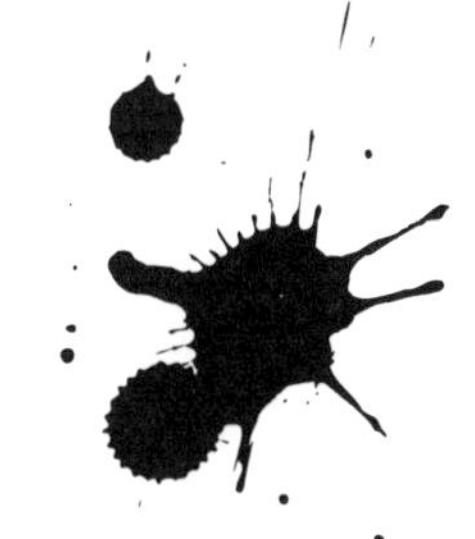

さぁゲームのはじまりです
想像力とひらめきの力で
この密室から脱出してください

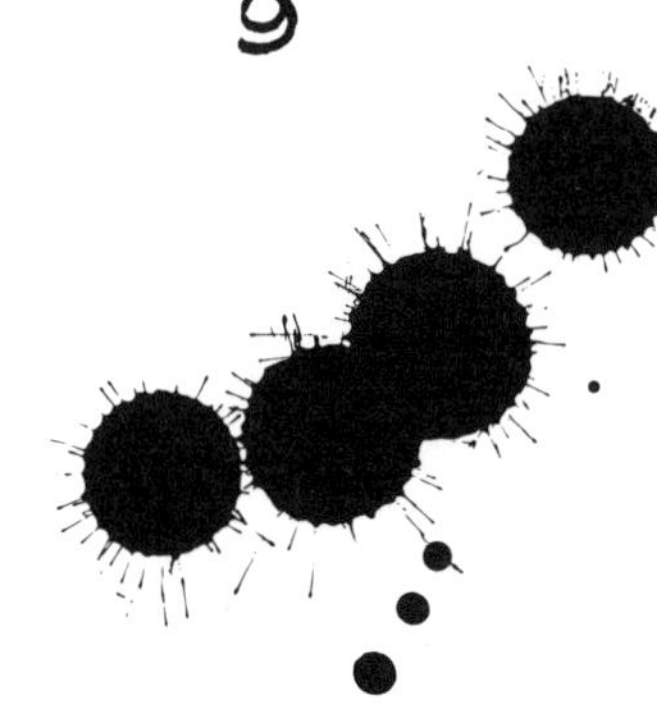

プロローグ　ゴーストライター月読幽

気がつくと、そこは真っ暗な部屋。両手はうしろでロープにつながれている。頭が痛い。なぐられたのだろうか。きおくが少しぼんやりしている。月読幽は体をねじって、起きあがった。

体全体がぬれていて、冷たい。指先が小きざみにふるえる。学ランの上にはレインコートがはりついていた。そういえば、さっきまで雨がふっていたのだ。いまもまだ、雨が建物を打つ音が聞こえている。

「ちっ。思いきりなぐりやがって。ここはどこだ？」

目をこらしてみるけれど、なにも見えない。ゆかは水がしみこんでしめった感じになっているから、板ばりのようだ。

インクのにおいがする。印刷所かなにかか？

しかし、完全な暗闇。

ここがどこなのか、まったくわからない。

閉じこめられている。犯人はあいつらだ。

幽の手が大きくふるえはじめた。

奥歯がガチガチと鳴る。

「だめだ。こんなんじゃだめだ。物語の主人公は恐怖に打ち勝って、そしてよゆうの笑みをうかべるんだ」

幽は頭をふって、ふるえる手をぎゅっとにぎりしめた。

むりやりに口のはしを持ちあげる。

そう、こわさなんかに負けてちゃいけない。

「ここまではオレの筋書きどおり。小説家としては、うれしい限りじゃないか」

幽は中学一年生にして、小説家。ある目的のために、正体をかくして小説を書きつづけている。

「父さん……、オレがかならず見つけてやるからな」

その目的というのは、父だ。幽の父、月読礼は偉大な小説家で、犯罪小説を専門に書いていた。特に、「死の十二貴族」と名のる犯罪集団が実際に起こした完全犯罪のトリックを、あざやかに解き明かす『終わりの貴族』シリーズは、全世界で1000万部をこえる大ヒットとなっていた。

そんな父に、母はいつも不安をぶつけていたように思う。

「危ないことはもうやめて。そんなことをしていたら、いつかふくしゅうされる」

父は母にむかってやさしくほほえんで、それから幽の頭に手をのせた。

「だいじょうぶさ。小説家の想像力は、戦うための力になるんだ。幽も覚えておけよ」

まだ小さかった幽にはよくわからなかったけれど、なんだかとてもほこらしい感じがして、大きくうなずいたのを覚えている。

しかし、父は消えた。

幽がまだ五歳のときだ。父を失った幽は、書斎にこもって父の本を読みつづけた。本を読んでいる間だけは、父に会える気がしたから。

終わりの貴族
著・月読礼

そうして、十歳になったときに幽は小説を書きはじめる。約一年の間、学校にも通わず、部屋から一歩もでなかった。ドアをたたいて泣く母の声にも耳を貸さなかった。そうして書きあげた作品は、まるで父、月読礼が書いたものと同じだった。それから二年、幽は父の名前を使って小説を書きつづけている。ゴーストライターというやつだ。そうして書きつづけていれば、いつかかならず父をうばった者に出会えると信じて……。

「やっと死の十二貴族にここまで近づけたんだ。つぎのシーンで、やつらはここにやってくる。主人公と悪の組織の直接対決だ。小説家の想像力は、戦うための力になる、だろ？　父さん」

幽はもう一度、拳を力強くにぎりしめた。

＊＊＊

幽が息をひそめていると、何者かが近づいてくる足音が聞こえた。幽は、レインコートのフードをかぶり、元いた場所に寝ころがった。

男たちが話す声がする。

「おい、したっぱ。今回つかまえたのは、何人だ？」

「へい、三人です」

「少ないな」

三人、と幽は心の中でつぶやいた。どうやら、自分の他にもとらえられているひとがいるらしい。

「それで、組織の本部から幹部のレオ様への指令がこちらです。死の十二貴族の仕事にこを使うのは今日が最後で、ことが終わったら、ぜんぶ燃やせ、とのことです」

「はいはい。どうせ今日の仕事もまた、期待はずれなんだろうけどな。いままで百人以上を調べて、まだひとりだけだぜ」

仕事？

調べる？

こいつらは、ここで一体、なにをしているんだ？

「でも、今回は大物がかかりましたよ」

「へー、大物」

「はい、あの、月読礼です。念のため、他のふたりとは別にして、となりの部屋にしばっています。まさか、あんな小男だとは思いませんでしたねえ」

「なんだって!? あの作家、月読礼をつかまえたっていうのか!?」

「へい。しょうこはこの原稿です。ずっとあの出版社の担当編集者のあとをつけていたんですよ。いつか、原稿を手わたしするときがくるってね。そのチャンスにさらってきたというわけです」

「たしかに。この文体に、謎解きのテクニック。どこから読んでもこれはやつの、月読礼の未発表原稿だ」

「あの『終わりの貴族』シリーズ、あれのせいで我々の仕事がどんなにやりにくくなったことか。完全犯罪のはずが、すべて小説の中で暴かれてしまってますもんね。この原稿にも、先月の銀行強盗の手口がこと細かに書いてあります。なんていまいましいやつなんだ」

「ん? おまえは月読礼がきらいなのか?」

「そりゃ、もちろんですよ。なぜですか?」

「じゃあ、金は？」

「好きです。でも、とつぜんどうしたんですか？」

「へえ」

カシャリカシャリと金属音のようなものがする。

男のひとりは質問をつづける。

「酒は？」

「大好きです！　それより、なんで銃に弾をこめているんですか？」

「ふーん、じゃあ、犬は？」

「べ、別にどっちでも」

「は？」

「好きでも、きらいでもないです」

ガチャリと音が鳴った。

「なぜ選ばない？　この世には『好き』か『きらい』かの二つしかないはずだろ？」

「な、なにをいってるんですか？　なぜ、銃をむけるんですか？」

「さっさと答えろ」

男たちの話を聞く、幽のこめかみを冷やあせが流れる。

これからなにが起こる？

「す、好きです！」

「ふーん。じゃあ、最後の質問だ。天国と地獄ならどっちが好きだ？」

「そ、そりゃ天国です！」

「そうか、じゃあ、俺が連れていってやるよ」

「ちょ、ちょっと、じょうだんですよね!?　ひ、ひぃー！」

バタバタともつれた足音がひびく。

幽は息をするのも忘れて、耳を立てた。

パン！

かわいた銃声が鳴りひびき、なにかがどさり、とゆかにおちる音がした。

「ぜんぶ俺と反対だな。俺はおまえが『きらい』みたいだ。きらいなやつはこの世にいらねえよ」

こまくがしびれている。

再び足音が近づいてくる。

いとも簡単にひとにむけて銃をうった男が、こちらにむかってくる。

幽はふるえることもできなかった。ただかたまるだけだった。

一つになった足音が部屋の前で止まる。

「おい、月読礼。どうしてこんなところにいるんだ？　おまえは、組織のトップしか立ち入れない、あの場所からでられないんじゃなかったのか？」

「……！」

その言葉を聞いて、幽ははっと我に返った。父はまだ、生きている。こいつは、父の居場所を知っている！

幽は大きく息を吸いこんだ。

完全に筋書きどおりじゃないか。

体中に血がめぐるのを感じる。

さあ、オレに近づけ。そうしたら、返り討ちにしてやる。そして、父のことを聞きだしてやるんだ。

「それとも、あそこにいる月読礼はニセモノで、おまえが本物ということか？　おまえには一度会いたいと思っていたんだ」

幽はつばを飲みこみ、レオと呼ばれた男が部屋に入ってくるのを待った。心臓の鼓動が高まる。オレを殺そうとするとき。それが最大のチャンスだ。

「犯罪に関わるひとの心理をかんぺきにとらえる、どうさつ力。どんなにささいな手がかりも見おとさない、観察力。それに、目的を達成するために独創的な計画を立てる、創造力。すべて、俺と同じだ。きっと俺たちは心の根元は同じなんだ。俺はおまえのことが『大好き』だよ」

ドアがひらき、ゆかに男のかげが見える。

レオはゆっくりと幽に近づいてきた。

重いブーツの足音、その振動がほほを伝わってくる。

あと一歩。

ゴトリ。

いまだ！

幽は手にしていたロープをひっぱった。

輪になったロープでレオの足首をしめつける。つづけて、幽はレオの体にロープをまきつけた。

「な、なに!?」

「油断したな！」

幽はロープをにぎりしめ、レオの背後にまわりこむ。

レオは真っ黒なコートを着ていて、シルクハットを目深にかぶっていた。背が高く、力は幽の何倍もありそうだ。しかし、かんぺきにロープでとらえることができた。

こちらの勝ちだ。銃をこちらにむけることもできない。この男にできることはもう、なにもないのだ。

「さすがだな、月読礼！　数多のトリックを知るおまえにとっては、縄抜けも、縄を使ったトラップもお手のもの、ということか」

レオははっはっはと、高らかに笑った。

その声には、なぜかよゆうが感じられる。

「笑ってられるのもいまのうちだぜ」

「いや、うれしいんだ。俺の中の月読礼への期待どおりだからな」

幽はふんと鼻を鳴らした。

だいじょうぶ。ここまですべて筋書きどおりにきている。

「月読礼への期待？　残念。おまえが見ているのは幻影だ」

「なに？」

幽はレインコートのフードを勢いよくはぎとった。

「オレは『月読礼』じゃない。月読礼のゴーストライターにして、その息子『月読幽』だ。

親父のことを教えてもらおう」

「ゴーストライター、だと？　『月読礼』の名前を使って、貴様が代わりにあの作品のつづきを書いていた、というのか？」

「そうだ。オレは、おまえたちに近づくために、親父のゴーストライターになったんだ。おまえたちはまんまとオレのワナにはまったってわけだ」

幽の体があつく燃えあがる。

ぬれた体から蒸気が立ちのぼるように、勇気がわいてくる。

「はーっはっは!! そうだったのか。そういうカラクリか！ あそこにいるのはやっぱり本物で、外にゴーストライターがいたということか!! そうだよな。月読礼がふたりいるとしか思えなかったんだ」

「こんなにはやくおまえたちにたどりつけるとはね……。まあ、思いきりなぐられたのは誤算だったけれど。さあ、親父の居場所を教えろ！」

「くっくっくっ！」

レオの肩が大きくゆれる。

「笑うな。おまえには、質問に答える以外の自由はない」

幽はロープをひく力を強める。

「いいねいいね!! 俺は貴様みたいな芯の強いやつが大好きなんだ」

なんなんだ。この男の、このよゆうは。

手足の自由は完全にうばった。

もはや打てる手はないはずだ。それなのに、いやな予感が頭からはなれない。

幽は不安をふりはらうように、声を強めていった。

「……出会ったばかりのやつに好きだといわれてもきもち悪いだけだね」

「それもそうだな。本当に好きかどうか、たしかめるか。元々、ここはそういう場所だしな」

「たしかめる？」

レオの手元からガチャリという音が聞こえた。その刹那。

パン！

銃声がひびく。

「な、なに!?」

レオは自分の足もとにむけて銃をうっていた。足をしばっていたロープがちぎれる。レオは足をゆさぶって、ロープをふりほどいた。

「ちっ。指が一本いったかな」

レオのくつには穴があき、血が流れでていた。幽が手にしていたロープは、はらりとゆかにおちた。

「なんて無茶な！」

「仲間は俺のことを死の十二貴族一の〝無謀〟と呼ぶんだ」

レオはふりむくと、幽の胸ぐらをつかんだ。

「くっ……！」

「まあ、ゆっくり話を聞けよ。貴様にとってもいい話だ」

ふりほどこうとしても、びくともしない。幽の体はゆっくりと持ちあがった。

「ここは今日の仕事が終わったら、燃やすことになっている。それまでにここからでられたら、お望みどおり、なんでも教えよう」

「な、なんだと？」

「でられたら知る、でられなければ死ぬ。簡単だろ？」

男は幽の手に腕時計のようなものをまきつけた。

画面にデジタル時計の数字が「3:00:00」と光っている。

「それがゼロになったらタイムオーバーだ」

数字は一秒ごとに減っていく。いまは「2：59：54」だ。

「なぜ、そんな約束をする？　オレは敵なんだぞ」

「『好き』だからチャンスをやるんだ。それに、死の十二貴族にとって契約はぜったいだ。信じていい」

レオが幽の顔をのぞきこむ。

「ここがどういう場所かは、貴様ならやがて気づくはずだ。貴様のこと、『きらい』にさせるなよ」

そういって、レオは口元を笑わせた。

「さて、しばしお別れだ」

レオはポケットから錠剤をとりだし、幽の口にふくませた。

「……！」

そして、ふところからむらさき色の液体が入ったビンをとりだすと、片手でセンを開けた。

「安心しろ、こっちはただのぶどうジュースだ。アルコールはきらいなんでね」

レオは幽の口にビンをつっこんで、ぶどうジュースで錠剤を押し流した。

幽の意識が急に、遠のいていく。

「俺たちの出会いに乾杯」

レオは不敵に笑うと、自分の口元にビンを寄せ、ぐいっとあおいだ。

第一章　暗闇の小部屋からの脱出

幽は暗闇の中、目を覚ました。

腕時計の時間は「1：45：22」になっている。一時間以上も気を失っていたらしい。

口の中にまだぶどうジュースの味がのこっていた。

「ちっ。ぜんぶ筋書きどおりというわけにはいかないか。でも、シナリオを書きなおして、ぜったいにここから脱出してやる。そして、最後には父さんのことを聞きだすんだ」

幽は立ちあがった。

「……でも、よかった。父さん、本当に生きていたんだ」

幽は、ふうっと息をはく。ワイシャツの下にはびっしょりとあせをかいていた。

「ん？　この部屋……」

においがちがう。

今度は、古くなった紙のにおいが満ちている。

「さっきとは、ちがう部屋にうつされたか？」

密室に閉じこめられたとき、最初にするべきこと。それは、部屋を詳しく知ることだ。

幽は一歩一歩注意深く、前方にむかって歩いた。

つま先がなにかにぶつかる。

ゆっくりと手のひらを近づけてふれてみると、それはひんやりとしていた。感触からすると鉄製の扉だろうか。

かべ伝いに歩いて、部屋の角を見つける。そこから、歩数を数えながら、かべに沿って一周部屋をまわる。そうして、幽は頭の中に部屋のかたちをえがいた。

「幅4メートル、奥行き7メートル。大体、教室の半分くらいの大きさか。そして、……完全な密室」

どうやら、そこは小部屋のような場所らしかった。かべぎわには、ずらりと棚がならべられている。

それから、におい。この紙のにおいはなにかに似ている。

「そうだ。……父さんの書斎だ」

幽は大きく息をはいて、思いきり鼻から空気を吸いこんだ。

これは、古い本のにおいだ。

棚の中に手をのばしてみる。かたくてつるつるした感触。縦にみぞが入っている。上のほうをひっぱると、みぞにそって、縦長のものがとりだせる。この重さ、かたち。やはり、本だ。本がすきまなくずらりとならべられている。きっとここは【書庫】かなにかだ。

幽は、少しおちついたような気分になった。毎日、中学校が終わってからひとりこもっていた父の書斎。

まるで父が、そばで支えてくれているようなきもちがする。

「よし、これで部屋の周辺部分はわかった。つぎは中央部がどうなっているか……」

一歩ふみだした幽は、足の裏にやわらかいものをふんづけた感触がした。

「いたっ！」

「痛い？」

「なんなのよ、一体!?　きゃあ！　なにこの暗い部屋!!」

女の声だ。幽はびくりとして、一歩あとずさった。

「だれか、いるのか？」

「あ、その声、幽だ！　幽がいるんでしょ？」

「！　オレのことを知っているのか？」

「ひどい！　なんで、声を聞いてわからないの!?　幼なじみなのに!!」

聞き覚えのある声。

それに、幽に幼なじみはひとりしかいない。

「……もしかして、雫か？」

星雫。小さいころから家がとなりどうしで、いっつも幽につきまとっている幼なじみだ。

幽のクラスの学級委員をしていて、なにかあるとすぐにお姉さん気どりで口をだしてくる、少しうっとうしいやつだ。

「そうだよ。まったく、相変わらず失礼なんだから。ねえ、ここどこ？　なんであたし、しばられてるの？　学校が終わってからのきおくがないんだけど」

「おまえもつかまってたのか」

「やっぱり、つかまってるんだ、これ」

あっけらかんとした声。

「それにしては、ずいぶんおちついてるな」

「だって、幽がいるんだもん」

「は？」

「前にも助けてくれたことあったでしょ？　幼稚園のころ、あたしが悪い男子たちになわとびでしばられて倉庫に閉じこめられたときに、きてくれたじゃない。あのときに似てる」

えへへという笑い声が聞こえた。

「そんなことあったっけ？」

幽はわざとそっけなく答えた。

「あったよ！　お父さんの真似をして『なわとびの数が一本たりない。そして、倉庫のまわりに足あとが不自然に多い。簡単な推理さ』っていって、得意げだったよ」

「でも、今回はオレもつかまってるんだぜ？」

「でも、助けてくれるんでしょ？」

「ああ、まあな」

幽はふう、と息をはいた。部屋は暗いままだけれど、心が明るくなった気がする。

あたりをさぐると、まだなにかがいるような気配を感じる。

「ううう……」

かすかなうめき声。

「なんだ、この声!?」

「う、あ、あ、あ、あ」

がさがさと音がして、幽の首筋にしめったなにかがまきついた。

「ひっ！」

「どうしたの、幽!?」

「な、なにかが、オレの、首をしめつけてるんだ」

はあはあと耳もとで息づかいが聞こえる。

「お、お、お……」

「ちっ。暗闇でおそってくるなんて！　雫、にげろ！」

「おおおお……、お母さーん」

「お母さん？」

「あ、この声、太陽くんだ！」

「そう、ぼく太陽」

「太陽？　だれだそれ」

幽には心あたりがない。ひとの名前を覚えるのは苦手だ。

「同じクラスの太陽くんだよ。中学校がはじまってからもう一ヶ月も経ってるのに、まだクラスメイトの名前覚えてないの？　そんなんだから友だちができないんだよ」

「友だちなんていらないし」

「ええー。本当かなー⁇」

「別にいいだろ」

「もしかして、雫ちゃん？　と、ここにいるのは幽くん？」

「そうだ。それより、さっさとオレからはなれろ」

「うわー！　よかった――――‼　幽くん、無事だったんだねえ‼　ぼくたち、心配していたんだ」

太陽はいっそう強く幽をだきしめた。

「は？　心配？」

「幽くん、公園で変な大人におそわれてたよね？　ぼくたち、助けなきゃ！　って思ったんだ」

「そうだよ、思いだした！　あたしたち、幽を助けようとしてたんだから」

ふたりの話を聞いて、幽はここにくるまでのきおくがはっきりしてきた。

ゴールデンウィーク直前の放課後、幽は学校帰りに原稿をわたそうと、学校近くの公園で担当編集者を待っていた。そのとき、黒ずくめの男がやってきて、幽をおそったのだ。

そのときは、ついに「死の十二貴族」がきたか、と思った。けれど、頭をなぐられ、うすれゆく意識の中で幽が見たのは、青ざめた顔をした雫と太陽の姿だった。彼らは目撃者として、ついでにさらわれてしまったのだ。

「ちっ！　じゃあ、ふたりがつかまったのはオレのせいじゃないか」

幽はふたりの縄をほどいた。

「えっ⁉　つかまってる？」

「ああ。オレたちはさらわれたんだ。『死の十二貴族』にな」

「死の十二貴族……‼」

太陽の声がふるえている。

「あ、あのゆうかいや強盗をくりかえしている、凶悪犯罪集団の？　幽くん、殺されるところだったよ。無事で本当によかった」

「自分のことよりもオレの心配かよ」

「これからどうしたらいいんだろう？」

幽はふたりにむかって、手にした腕時計を見せた。

「この時計がゼロになるまでにここから脱出する」

画面には「1：40：12」と表示されている。

「もし、ゼロになったら？」

「だいじょうぶ。ちょっとこの建物に火がつくだけさ」

「ぜんぜんだいじょうぶじゃないよ！」

「あたしは信じてるよ。だって幽はこんなにおちついてるんだもん」

暗闇に目がなれ、雫の目がこちらをむいていることに気がついた。たよられている。

父さんの小説にでてくる主人公はみんな、そんなときに強くかっこいい。

幽はふるえる手をにぎりしめた。

「ああ、ぜんぜんこわくないね」

幽はそういって、口のはしを持ちあげた。

「オレの華麗な脱出劇、見せてやるよ」

＊＊＊

幽は目を閉じて脱出の方法を考えた。ドアは鉄製でびくともしない。

他になにかないか。手でさぐると、幽は、ドアの取っ手のところに小さなボタンがなら

んでいるのに気がついた。

「これはなんだ？　【カギ】か？　よく見ないとわからないな」

幽はドアの横のスイッチを押してみたが、電気はつかない。

「ちっ。まずは明かりをどうにかしないとだめか」

幽はレインコートのポケットに手をつっこんだ。財布や、カギ、携帯電話などはぜんぶ抜かれている。入っていたのは、【食べのこしのガム】一枚だけだった。

「お。これは使える。あとなにか役に立つものは……」

目をつぶって考える幽の耳に、ふと、カチコチという音がするのが聞こえた。

「もしかして！」

「どうしたの？」

「ちょっとだまって」

近づいてみると、かべの上、2メートルくらいの高さから音が聞こえる。

「やっぱりそうだ。掛け時計がある。そしたらきっと、あれが入っているはず」

幽は棚に足をかけ、上に手をのばして、時計をかべからおろした。手さぐりで裏ぶたを開け、【乾電池】をとりだす。

「よし、いいぞ。あとはなにか紙があれば……。本は燃やしたくないしな」

手さぐりでゆかをさぐる。

「紙？　ねえ、これ使えないかな？　【段ボール箱】があるよ！」

雫が幽に声をかける。

「ちょうどいい。ちょっと貸せ」

「ねえねえねえねえ、雫ちゃん。幽くんはさっきからなにをしてるの？」

「あたしにもわからないけど、幽はきっとなんとかしてくれるよ。こういうときの幽はすごいんだから。身近にあるものを使って、なんでもできちゃうの」

「へえー。ガムと乾電池と紙でできることってなんだろう？」

幽は【段ボール箱】をビリビリと破いた。そして、破片をつつのようにまるめて、雫と太陽の手元にさしだした。

「材料はそろった。部屋を明るくしてやる。ちょっとこれを持ってろ」

「う、うん？」

ふたりはわけもわからず受けとる。

幽は【ガムの包装紙】と【乾電池】にちょっとした細工をした。すると、包装紙から火がでた。

「燃えた！　火だ!!」

すかさず、幽は【段ボール】にその火をうつす。【段ボール】は燃えた。部屋が少し明るくなる。

制服姿の雫と太陽がうかびあがった。

部屋には本棚がびっしりとならべられている。幽の予想どおり、そこは【書庫】だった。

「すごい！」

「そんなもので火がつけられるんだ!?」

「ああ、低い電圧でも、ちょっとした工夫をすればね。オレたちにとっては希望の火だ」

幽はふたりが持っていた段ボールのつつに火をうつした。

「なにか、脱出の手がかりになるようなものがないかさがしてくれ」

明かりをたよりに、ドアの取っ手のところを見ると、そこには、まるいボタンが10個ついた装置がついていた。

「ボタンを正しく押せば、ドアがひらかれるってことか？」

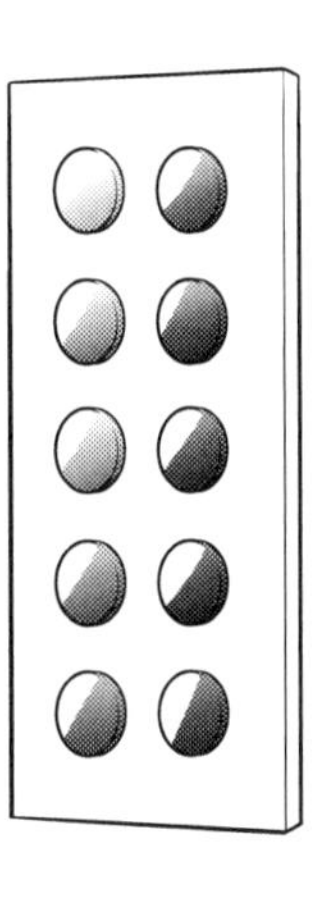

「ねえ、こんなの見つけたんだけど。なにかな、これ？」
ボタンを調べている幽に、太陽が紙切れをわたす。
見ると、紙はまだしなやかで、新しい感じがした。10個の生き物のシルエットがならんでえがかれている。

「生き物の絵？　なぜこんなものがここに？」

本を読んでいてだれかがメモでもしたのだろうか？　それにしても、こんな字が書いていない、絵だけのメモなんてあるだろうか？

幽の視界のはしに、先ほどのボタンがうつる。

同じだ。

あのボタンも、このシルエットも5個ずつ、2列。合計10個。

「そうか、これはきっとドアをひらく暗号なんだ」

「でも、ただの生き物の絵だよ？　こんなのでなにかわかる？」

「うーん」

「ねえ、あたしにも見せて！　げえ、虫の絵！　きもちわるー」

そういった雫は、はっとして、目をまるくした。

「あ！　思いだした！」

「なにかわかったのか!?」

「虫！　虫の話！　昔は幽のほうが虫が苦手だったんだよ！　あたしがカマキリをひっつけたら、ぎゃあーって叫んで、たおれちゃったんだから」

雫がにやにやとうれしそうに笑った。

「うるさいな。幼稚園のときの話だろ」

幽は背をむけて、紙をながめている。

「へー、幽くんって小さいときどんなだったの？」

「こわがりで泣き虫で、すぐあたしのとこに飛んできたんだから」

雫は楽しそうにつづける。

「でもね、そのときから変なことはよく知っててね。なんでカマキリがこわいの？　って聞いたら、『食べちゃうからだよ』って」

「食べちゃう？」

「そう、卵を産むときにメスがオスのことを食べちゃうんだって。カマキリのメスは大きくてこわいんだって」

「ひぃ――」

太陽が本気でこわがっている。

「ねえ、幽？」

「……」

正直、こんな昔話にかまっているよゆうはない。

「あ、無視した。でもね、冷たくてもかんじんなところではやさしいんだよ、このひと」

「……ったく、しょうがねえな」

幽の返事に、雫がにやりと笑った気がした。

「そういえば、いまの話……！」

幽の目がぱっとひらく。

「どうしたの？」

雫が幽の手元をのぞきこもうとしたときに、持っていた火が、太陽の手にふれた。

「うわっ、あついよ！」

太陽は手をふりあげたひょうしに、火のついた段ボールを本棚にぶつけてしまった。

炎が、はりつけてあった注意書きの紙に燃えうつる。

「わ！　わ！　どうしよう！」

大きくなった火が、ゆかにおちて、さらに置いてあった段ボール箱に燃えうつる。

太陽はあわてて、まわりにあった本や模造紙を火の上に投げつけた。

けれど、火は消えない。逆に、大きく燃えあがる。

「はやく消すんだ！」

幽はレインコートをぬいで、段ボールをはたいたが、火はすでに大きくなりすぎていた。

本棚の本まで燃えはじめている。

「ごめん！　ごめん！」

炎はあっというまに大きくなる。黒い煙を立ちのぼらせながら、幽たちの背丈と同じくらいの高さまで燃えあがっている。

ほほがかわき、めくれるような痛みを感じる。ぼうぜんとして、うねる炎に目をうばわれる。

「幽!!」

雫が幽の肩をゆさぶった。

「カギを開けて! 幽にしか開けられないの! 火はあたしたちがなんとかするから!」

その声を聞いて、幽は我に返った。メモの紙を見て、考えを整理する。炎のことは考えてはいけない。雫たちを信じるんだ。

背中があつい。

部屋には煙が充満し、手元の紙ですらよく見えない。

煙が目にしみて、目玉がおぼれるくらいのなみだがでて、視界がにじむ。

息を吸うと、のどが縮こまり、せきが止まらなくなる。

そしてまた、煙がのどをしめつける。

おちつけ。考えるんだ。

そう、さっき気づいたのは、オスとメスだ。このイラストは、ペアなんだ。

「ここに書かれてあるとおりにボタンを押せば……」

幽は一つ一つ確認しながら、ボタンを押した。カチャリと音が鳴り、ドアはひらいた。

「開いた」

「やった！」

「とにかく外にでるぞ！」

「うん！」

部屋からでると、そこには消火器が置いてあった。雫がすぐさま手にとり、炎にむかってふんしゃする。

部屋の中が真っ白になり、オレンジ色に透けていた炎はしだいに小さくなっていった。

火は消えた。

三人は、足から力が抜けるのを感じて、へたりこんだ。

「ごめん、ぼくのせいで」

「そんなことないよ」

「そうだ、しかたない。オレも炎がこんなにこわいものだって、知らなかった」

幽は深く息をはいた。小説でえがいたシーンと、現実とはちがっていた。

炎にまかれる、ということが現実となって、幽の心を支配する。炎のうずがまだ幽の頭の中でうねりとなって、燃えつづけていた。

タイムリミットまでに、ここからでられなければ、建物ごと燃やされる……。

時計の数字は「1：23：09」をしめしていて、刻々と減っている。

もし、燃える建物にとりのこされたら……。幽は首筋に冷やあせを感じた。

「さあ、いくぞ。時間があまりない」

幽はなんでもないふりをして立ちあがった。

部屋の外は、せまい板ばりのろうかだった。さびついた鉄製のかさの下に、オレンジ色の電球がジジッジジジッと音を立てながら光っている。

さっきまでいた部屋の扉には『**知恵**』と書かれていた。

「知恵？」

「なんのことだろうね？」

もしかしたら、レオがいっていた「そういう場所」に関係するキーワードだろうか。けれど、幽にはまだそれがなにを意味するのかわからない。

右側はすぐろうかのつきあたりになっていた。不自然に真新しい金属の板が打ちつけてある。よく見ると、ろうかのかべにも同じような鉄の板が何枚もはりつけられていた。

「これは……、窓があった場所か？」

「なんなの、これ!?」

「密室だ……」

「密室？」

「ああ、この部屋がそうだったみたいに、この建物全体が密室になっているんだと思う。簡単にはだしてもらえないらしい」

「そんな……！」

「ねえ、一体ここはどこなんだろう。お母さんたち、きっと心配してるよ」

キーンコーンカーンコーン

ふいに、音が聞こえ、三人はびくっと体をふるわせた。

「この音って……」

「ああ、オレたちの学校のチャイムだな」

幽たちは音の聞こえたほうをむいた。

「学校!? じゃあ、きっとだれか先生が助けにきてくれるんじゃ!?」

「でも、なんだかよく聞こえなかったっていうか。少し音が小さい気がした」

たしかに、いつも学校で聞いている音は、もっとはっきりとしていた。

「つまり、校舎からは、少しはなれているということだな……。そして、さっきまでいたこの部屋。ここは部屋のサイズ、ならべられた本の量からして、書庫だ。校舎の近くで書庫があるような、古い建物といえば……、学校の【旧図書館】しかない。やつら、犯罪にこんな場所を使ってたんだ」

「旧図書館？」

「あ、いま建てかえ工事をやってるっていう？」

幽はゆかを見た。古びた木のろうか。たしかに、ここがかなり古い建物であることは、まちがいない。

「そう。二年後に新しい図書館に建てかえられる予定で、それまでは立ち入りが禁止されている」

「たしかに、ぼくたちも一度も見たことがないよね」

「ということは、だれかが助けにきてくれるってことは……」

「まず、ない、ということになるな。そういう場所を選んでいるんだ」

雨音にまじって、男の口笛が聞こえる。

シューマンの『知らない国々』という曲だ。

男は、子どものように、知らない世界を見ることを楽しみにしているのかもしれない。

それは、オレたちがでてくる世界か、それとも、焼かれる世界なのか……。

【タイムリミットまで1：20：35】

謎に挑戦！ その一 生き物シルエット

幽が見つけたのは、10個のボタン式のカギ。

そして、暗号の紙。

さて、幽はどのボタンを押したか？ ヒントは、雫の思い出話だ。（答えは180ページ）

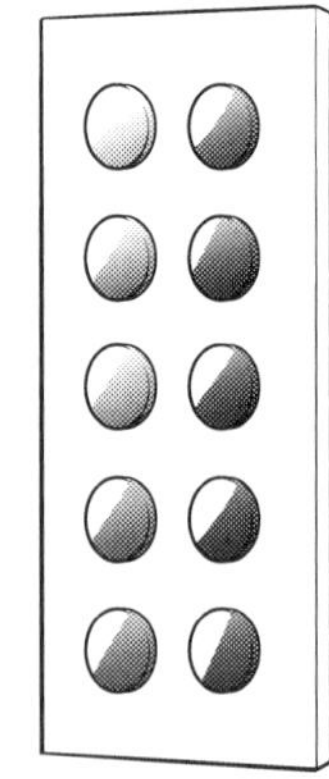

第二章　血ぬられた二階からの脱出

「とにかく先に進むぞ」

幽たちはうす暗い明かりが点滅するろうかを一歩一歩、しんちょうに歩いた。

「ねえ」

太陽が鼻をくんくんと鳴らしながら、幽の腕をつっつく。

「なんだ？」

「あのさ、ろうかにでてからなんだけど、鉄のにおいみたいなの、しない？」

そういわれて、幽は背筋に寒気が走るのを感じた。ふたりに会う前に聞こえた銃声。なにかがたおれた音。

うす暗いろうかの先から、近づいてはいけないという気配がびりびりと肌にせまってきた。

思わず足を止める。

「やだ、急に立ち止まらないでよ」

幽のすぐうしろを歩いていた雫がぶつかる。幽は前によろけた。

「うっ……！」

「なに、どうしたの!?　きゃあ!!」

「ひいっ！」

三人の視線の先には、真っ赤な水たまりができていた。赤色は、ろうかの闇とまざってどす黒くなっている。きょうれつなにおいが、鼻につきささる。

反射的に吐き気がして、幽は口を手で押さえた。ふたりも顔を手でおおってしゃがんでいる。その背中はがくがくと大きくふるえていた。

「血、血だよ」

太陽がかすれた声でつぶやく。

幽はつばを飲みこんで、もう一度血の池を見た。死体はない。

「さっき、銃声が聞こえたんだ。男がうたれた」

「そのひと、死んじゃったの？」

雫が聞く。

「たぶん」

「ねえ、あたしたちも死ぬの？　殺されちゃうの？」

「ぼくまだ死にたくないよ！」

ふたりはパニックになりかけている。幽はみじかく息をはいて、ふたりを見つめた。

「おちつけ。オレがいる。だから、だいじょうぶだ」

「ほんとに？　ほんとにでられる？」

「ああ」

幽は、自分にいい聞かせるように、強くうなずいた。

幽たちは、血の池をよけて、ろうかを先に進んだ。ろうかのつきあたりには窓をふさいでいるのと同じような大きな鉄板がそびえ立っていた。ここから先へは進めないらしい。

左手には、大きな金属の扉が二枚あった。新しさから見て、これも死の十二貴族がとりつけたものにちがいない。どちらにもドアノブとカギ穴があった。

ドアノブをまわす。けれど、扉はひらかない。

左右の扉にはカギがかかっていた。

「ダメだ。開かない」

「そんな！」

「行き止まりってこと？　あたしたち、ここからはやくでないと燃やされちゃうんでしょ!?」

閉じこめられている。

ジジッジジッという電気の音が耳にさわる。

こういうとき、父さんの小説の主人公なら……。

「手がかりをさがそう」

「手がかり？」

「ああ、ここにくるまでに一つ、部屋があった。そこになにかあるかもしれない」

閉じこめられていた書庫のとなりの扉を、幽たちは素どおりしてここまできていた。

「うう、またあそこを通らなくちゃいけないってこと？」

「なにいってんの。はやくいくよ！」

幽たちはろうかをもどって、書庫のとなりの部屋へとむかった。


その部屋にはカギがかかっていなかった。ドアノブをまわすと、あっけなく扉がひらく。

入り口のわきのスイッチを押すと、明かりがついた。

強いインクのにおいが幽の鼻をつく。

「オレが最初にいれられた部屋はここか……」

ゆかに男の血のあとがのこっている。

その部屋は学校の教室くらいの大きさで、真ん中に大きな机が置かれていた。机の上には、版画に使うような道具や、ぐるぐるとまわすレバーがついた機械などがならべてある。

「なんの機械だろう、あれ？」

「あれは、ガリ版とか、製本機だよ。昔の印刷用の道具だ」

棚にもたくさんの箱やがらくたに見える道具たちがしまってある。

「この部屋になにか手がかりがあるんだよね」

「おそらく」

扉を閉めると、裏に『**勇気**』と書かれていた。

さっきは『**知恵**』で、今度は『**勇気**』。

なにかのキーワードだろうか。


幽たちは手分けをして、部屋のそうさくをはじめた。

すぐさま、雫が声をあげる。

「あった！」

「なにを見つけた!?」

「んとね、これ。きっと役に立つと思う」

雫がひろげたのは、黄ばんだ古い紙だった。紙には、この図書館の案内図が印刷されていた。

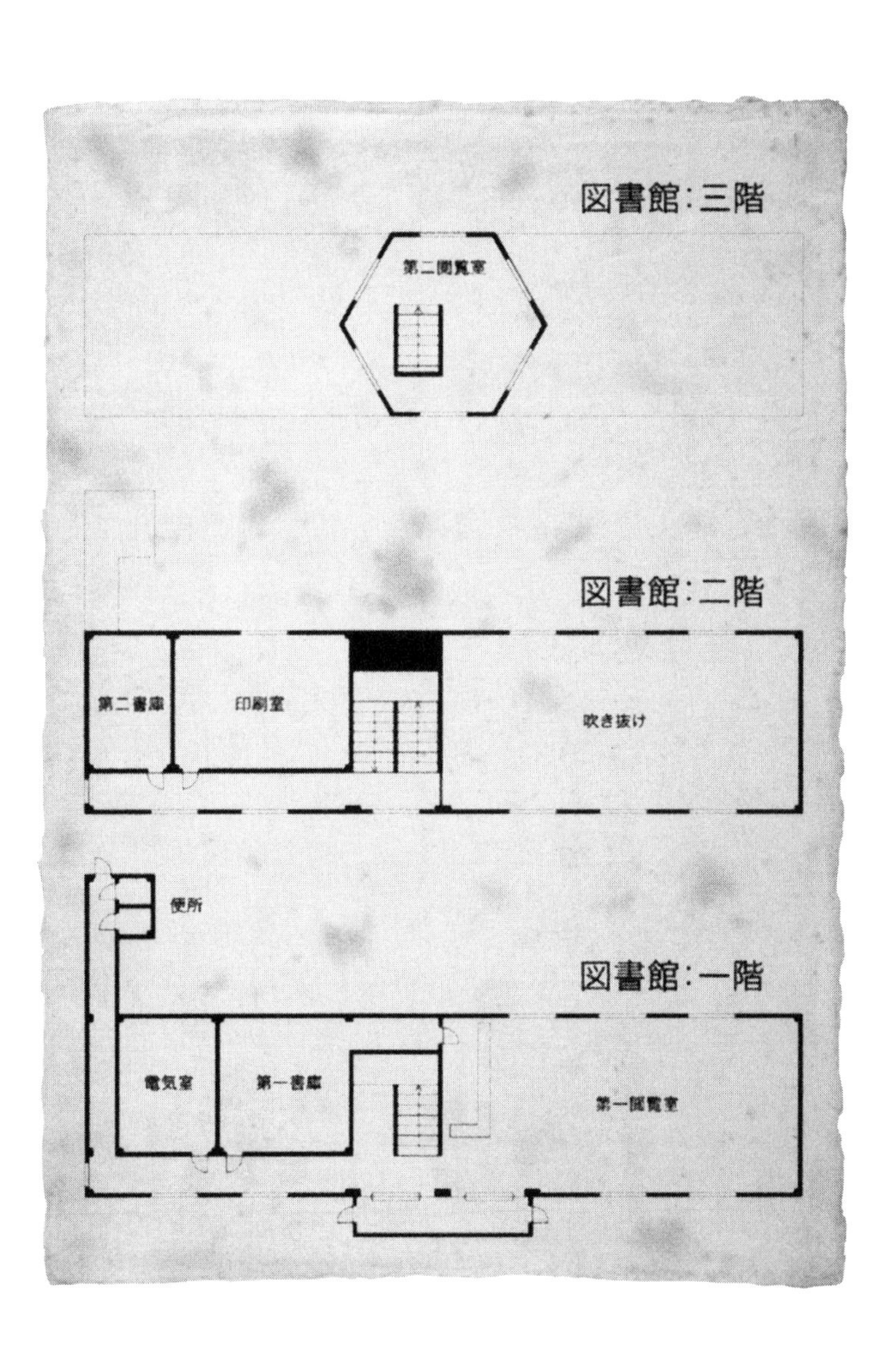
図書館:三階
第二閲覧室
図書館:二階
第二書庫
印刷室
吹き抜け
便所
図書館:一階
電気室
第一書庫
第一閲覧室

「なるほど。この建物は三階建てなのか。そして、オレたちが閉じこめられていたのが【第二書庫】で、ここが【印刷室】ということか」

「一階におりたらすぐ出口があるね！」

「ああ、さっきのカギがかかっていた扉は階段をふさいでいたのか。一階にいくには、やっぱりあそこをひらかないといけないみたいだ」

「ねえ、ここにこんなものがあるよ！」

太陽が机の前に立って、ふたりを呼んでいる。ふたりは太陽にかけよった。

「ほら、この機械のここのところに、なにかある」

それは、古ぼけた裁断機だった。こげ茶色の木でできたわく組みの上部に、ギロチンのような刃がにぶく光っている。その刃の真下に沿うように、細長い木の小箱のようなものが挟まっていた。小箱には格子状のみぞが入っていて、9マスの正方形のような模様がきざまれている。

「たしかに、あやしいな」

幽がひき抜こうとしたけれど、それはびくともしなかった。

「だめだ。完全に固定されてる」

「この四角いところ、押せそうだよ。押してみようよ」

太陽が手をのばす。

「だめだ！」

幽はとっさに太陽の腕をひっぱった。

「どうして？」

「よく見るんだ。この箱からワイヤーがでて、裁断機の刃につながってる。下手にさわるとあぶない」

「ひい！」

分厚い刃がにぶく光っている。中学生の手なんて、簡単に切りおとされそうだ。太陽は自分の手がゆかにころがる様子を想像して青ざめた。

「でも、明らかにあやしいよ、これ」

「他にも手がかりがあるかもしれないから、先にそっちをあたろう」

「うーん。でも、気になるんだよなあ。あっ！」

小箱をながめまわしていた太陽が声をあげた。

「よく見ると、細かい傷みたいなものがついてるよ！」

幽も小箱の表面をななめから見てみると、小さなみぞが何本も入っているのが見えた。

「字か？　そういうときは、こうすれば……」

幽は山積みの道具の中から【印刷用インク】を手にとり、指につけて、小箱の表面にインクをぽんぽんとたたきつけた。みぞの部分だけが白くのこされ、他の部分が黒くなる。

やがて、「三人家族になれるのは」という文章と、九つの漢字がうきでた。

三人家族になれるのは

週刃地遠永机先棚死

「すごい！」

「よくあるトリックだよ。それより、これ、暗号だ」

「暗号？」

「そう、さっきの10個のカギのメモもそうだった。きっとここは、暗号を解いて先に進んでいくような場所なんだ。死の十二貴族め。まるで遊んでるみたいだ」

「遊び？　なんだよ、それ！」

「でもさ、やるしかないよね。その暗号ってやつを解こう」

雫がいう。

「そうだね。えっと、家族？」

「三人家族ってことは、三つのボタンを押すってことだよな」

「この真ん中。『永遠』が逆になってる。この二つを押すのかな？」

「でも、それだと二つだけだし、家族の意味もわからない」

「じゃあ、部首、とか……」

太陽がつぶやく。

「ああ。たしかに、『遠』と『週』は同じ部首だし、『棚』と『机』も同じ部首だ。でも、二つずつしかないんだよな」

「うーん」

幽と太陽のふたりが頭をしぼっていると、雫が声をあげた。

「ねえ、ヒントあったよ!!　家族のことが書いてある!!」

雫が見つけたのは、張り紙だった。みじかい文章が書いてある。

「友」と「寺」と「苗」は家族になれる
「木」と「主」は家族になれる
「女」と「玉」と「谷」は家族になれる
「子」と「本」は家族になれる
けれど、
「生」と「死」は家族になれない
「父」と「子」は家族になれない

最後の一行を読んで、幽はびくりとした。まるで自分にあてられている一文のような気がした。「父」と「子」は家族になれない……。

「父さん……」

目がはなれない。そんな幽のほっぺたを雫がふいにつねった。

「幽、元気だして。お父さんきっと見つかるから。小説だってでてるんだから、どこかでぜったい元気にしてるよ」

「ああ、うん、そうだよな」

雫は、最近でている月読礼の小説は、幽が代わりに書いているものだということを知らないのだ。

「ありがとう」

見かえすと、雫の表情もしずんでいるのに気がついた。

「あたし、思いだしちゃったんだ。家族のこと。お父さん、お母さん、妹の泉……。ゴールデンウィークには動物園にみんなで遊びにいこうって約束してたんだ。みんなすごく楽しみにしてたのに」

雫の目になみだがうかんだ。

それを見ると、なぜか幽も悲しくなってきた。

「ぼくも、今朝、お兄ちゃんとケンカして家をでてきちゃったんだ。ぼくのカバン、ふんづけたから……。でも、なんで、そんなことで怒っちゃったんだろう。お母さんもきっと帰りがおそくて心配してるよ。どうしよう」

太陽もしぼんだひまわりのようにうつむいてしまった。

「母さん……」

幽も家で待っているであろう母のことを思いだす。

いつもはちょっとしたことでもすぐに怒る、こわい母さん。

あまり会いたくない、なんて思うこともある。

けれど、それは父さんがいなくなったからなんだ。

家族を失うさびしさを知っているから、必要以上に厳しいんだって、もうわかってる。

そんな母さんが、ひとりで家で待っている……。

父さんがいないんだから、オレが守ってやらなくちゃいけないのに。

三人は、しばらくだまったままうつむいていた。

「でもさ」

「うん？」

口火をきったのは雫だった。

「家族に会うためにはさ、解かなくちゃ。謎を。いまやることは、さびしがることじゃなくて、考えること、そうだよね？」

「そうだな」

「ぼくもがんばる！」

幽は、小箱と張り紙をもう一度見る。

「オレがさ、さっきから気になってるのは『なれる』っていうところなんだ。小箱にも、張り紙にもどっちも『なれる』って書いてある。つまり、『子』と『本』は家族になれるけど、そのままじゃ家族じゃないってことだろ？」

「ああ、そっか！　たしかに、そういうことになるね」

「でも、まだなにかに気づけていない気がするんだ」

「うーん、これって漢字の問題ってことだよね」

太陽がつぶやく。

「そうだな。……漢字が家族になれるってどういうことなんだろう？　家族ってなんだ？」

「一緒に住んでるってこと？」

「でも、単身ふにんは？　うちはお父さん、仕事で別のところに住んでるけど、家族だよ」

雫がいう。

「そっか」

「血がつながってる、とか」

「養子もあるし、お父さんとお母さんは血がつながってないよ？」

「うーん、家族ってむずかしいな」

「あのさ、たとえば、あたしと幽が家族になったらどうなるの？」

とうとつに、雫が幽にたずねる。

「えっ!?」

幽は顔を赤くしてかたまった。

「ねえ、なにが変わるの？」

雫が幽につめよる。

「う、えっと……、雫が月読雫になる、とか、オレが星幽になる、とか？」

ぼそぼそという幽ははっとした。

「そうか、それだ！　海外とかでは夫婦別姓もあるけれど、結婚したら名字を同じにすることが『できる』んだ。子もそうだ。同じ名字になることができる！」

幽はひとりでうなずいた。

「漢字にとっての名字はなんだ？　そうだよ、きっと太陽がいってたあれだよ！　わかったぞ！」

「ねえ、なんなの!?　ひとりでわかった気にならないで、ちゃんと説明してよ！」

「なあ、オレの手がとれちゃったら、ちゃんとひろってくれよな」

幽はふざけたように、雫にいった。けれど、その目はわずかにゆれ動いている。

「ぼくがやるよ！」

気がつくと、太陽が裁断機の下に手をいれていた。

「おい、待てよ！　押しまちがえたらたいへんなことになるかもしれない！」

「だいじょうぶだよ。幽くんがみちびきだした答えだから」

太陽がまっすぐに幽を見つめる。

「はやく答えを教えて。そうしないと、ぼく適当に押しちゃうよ」

「……がんこだな。わかったよ。最初はこのボタンだ」

幽のしめしたボタンを、太陽はふるえる指先で押した。

カチャリ
刃はおりてこない。

「つぎはこのボタンだ」

カチャリ
二つ目もあっけなく押せた。あとは、三つ目。

幽はもう一度考える。答えがまちがっていないか。

「三つ目は……、これだ。まちがいない」

ガチャン！

押した瞬間、大きく音が鳴って裁断機がゆれた。

三人は思わず目を閉じてしまう。

幽がおそるおそる目を開けると、裁断機の刃はあがったままだった。幽の手のひらにはべっとりとあせがにじんでいた。

「ふう」

「あはは。ほらね。幽くんはまちがいないんだ」

太陽が笑って、手をぷらぷらとふった。

「あ、ここが開いてるよ」

下の小箱の横の部分がひらいていた。中から、カギがでてくる。

「きっとこれで、階段の扉が開けられるぞ」

「うん、いこう！」

幽たちは階段に通じる扉にもどってきた。先ほど手にいれたカギをためすと、カギは左の扉のカギ穴にはまった。ゆっくりとまわすと、ガチャリという音がする。

「よし、一階におりよう。出口はもうすぐだ！　……あれ？」

ドアノブをまわした幽の手が止まる。

「どうしたの？」

「開かない」

「えっ!?」

「押してもひいても動かないんだ」

「カギがまちがってるとか？」

「そんなはずはない。まわしたときに手ごたえがあったし、逆むきにまわすとカギが閉まる音がする」

幽は何度かカギをまわしてみた。

でも、扉は開かない。

「どういうことだ？」

「ぼくにも貸して」

太陽が代わりに扉を押したりひいたりするけれど、ひらかない。

手がかりがたりない？

そんなバカな。あやしいところはぜんぶ調べた。

オレの推理がたりないっていうのか？

カギは開けた。押してもひいても横にずらしても動かない。

そんな扉をひらく方法は？

きっと答えは簡単なことなんだ。それはなんだ？

「ああ、くそっ！」

幽は大きく息をはいた。

「幽？」

雫が肩に手をのせる。

思わずふりはらおうとして、ぐっとがまんした。

「ごめん。だいじょうぶだ」

幽は目を閉じた。きっとこわい目をしている。

父さんの小説の主人公は、いつもクールなんだ。

暴力的になっちゃダメだ。

幽は、扉に背をむけ、背中から勢いよくもたれかかった。

ガチャンと音が鳴る。

「ん？　ガチャン？」

もう一度、背中をぶつける。

ガチャンと鳴る。

幽はそれをくりかえした。

「ね、ねえ、どうしたの？　幽、おかしいよ」

雫が心配そうに聞く。

「ふっふっふ」

幽は笑った。

「どうしよう、太陽くん。幽がとうとうおかしくなっちゃった！」

「失礼だな。わざとだ。これも謎解きなのさ」

幽は目を開けた。

いらいらはふっとび、いまはすがすがしいきもちでいっぱいだ。

「謎は解けた。やっぱりオレは天才だな」

「どういうこと？」

「ふたりとも力を貸してくれ。この扉を思いっきり押すんだ」

「う、うん！」

三人でいっせいに押すと、扉はじりじりとゆっくり動いた。

「あと少しだ！」

扉は完全にひらいた。そして、一階におりる階段があらわれる。

「やったね！」

「単純なトリックだ。三人じゃないと開けられないような、重い扉。それだけさ。ああ、簡単だったなあ」

「ふーん。めっちゃいらいらしてたけどね」

雫がにやにや笑いでいう。

「う、うるさい！」

「あ、なんか書いてあるよ」

扉をひらいた正面のかべに『**力**』と書かれていた。

『**知恵**』と『**勇気**』と『**力**』。

つぎはなんの扉があるのか。

階下からは、いままでよりも重く冷たい空気が立ちのぼってくる気配がしていた。

【タイムリミットまで1：01：50】

謎に挑戦！その二　漢字の家族

幽たちが見つけたのは、謎の文章が書かれた紙。
暗号は、どうやら「漢字」に関係するものらしい。
どのボタンを押せばいいだろう？

（答えは181ページ）

「友」と「寺」と「苗」は家族になれる
「木」と「主」は家族になれる
「女」と「玉」と「谷」は家族になれる
「子」と「本」は家族になれる
けれど、
「生」と「死」は家族になれない
「父」と「子」は家族になれない

三人家族になれるのは

週　刃　也　遠　永　机　先　棚　死

第三章　非情な扉

幽たちは階段をくだりきった。一階もうす暗くて、闇にとりかこまれているような気分になる。

玄関があるはずの場所には、またしても、大きな鉄の扉が二枚そびえていた。そして、一つの扉には『天国』、もう一つの扉には『地獄』と書かれていた。

「天国と地獄……」

「どちらか選べってことか?」

二つの扉には、当然のようにカギがかかっていた。

「やっぱり簡単にはだしてくれないのか」

幽は舌打ちした。

扉からは雨が打ちつける強い音が聞こえていた。それから、水のにおいが扉のすきまからしのびこんでいた。

出口は近い。しかし、かべは厚い。

ビビビビ。

幽の腕時計がかすかに振動した。

「0：59：58」をしめしている。

(のこり一時間をきった……)

謎はあといくつのこされているのか。一時間足らずでそれらをすべて解けるのか。

寒気が幽の腹の内をくすぐる。

「ああ、こんなところにいつまでもいたくないよな。さっさとでようぜ」

幽はわざとらしくつぶやいた。

「ん、なんだこれ？」

扉と扉の間に張り紙がしてある。

地獄
天国

「数字がならんでるね」

「このかたち、どこかで見たことがあるよな？」

幽たちはしばらくそのかべの張り紙を見つめた。

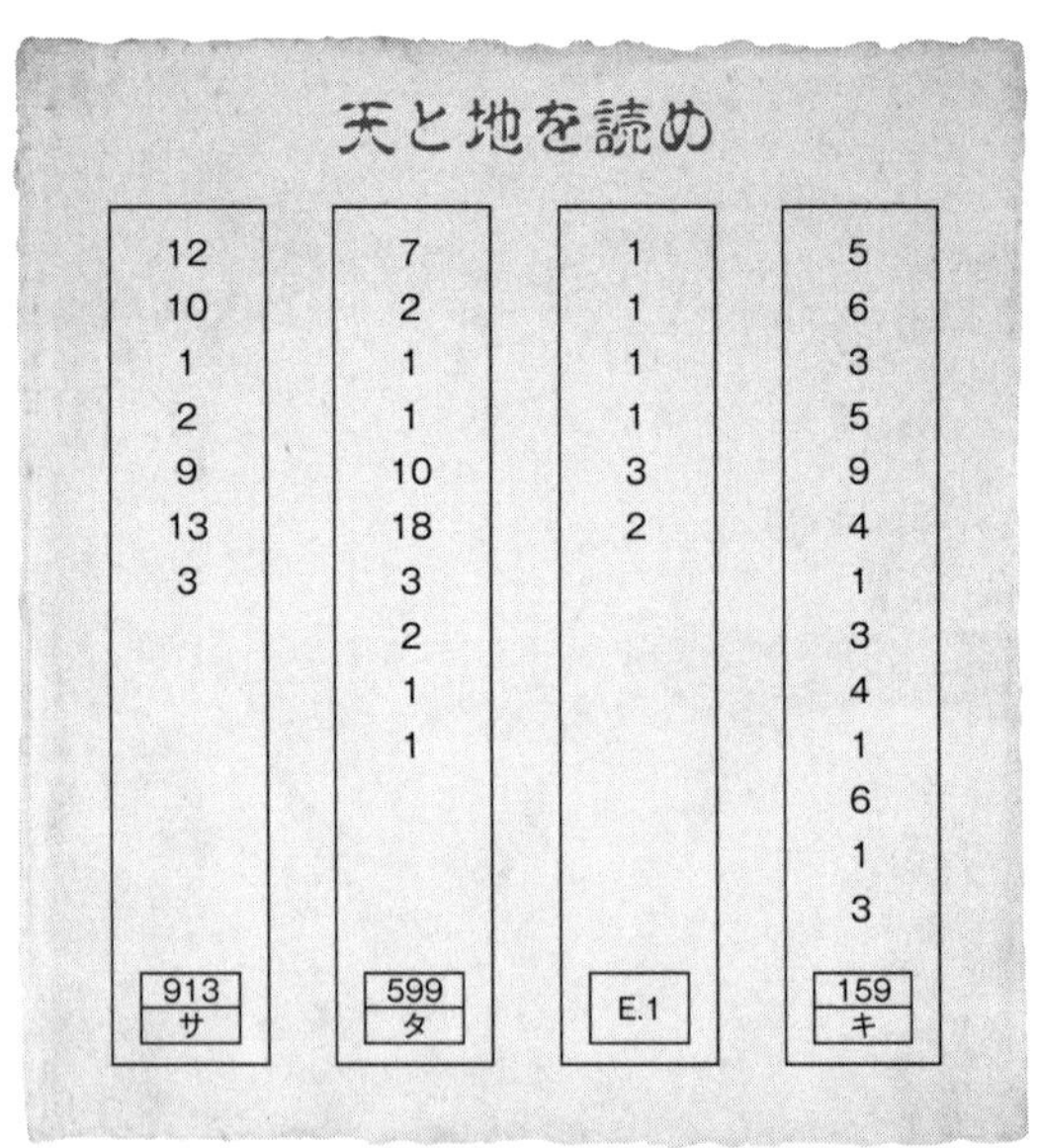

ぜったいに、どこかで見たことがある。

はやく解かなくちゃ。どこで見たんだ？

「これ、あれだよ！　図書館の！」

雫が紙の『913サ』の部分を指さしていう。

「ああ、そうだ！　図書館だ。図書分類コードだ」

「うん、図書館の本にはってあるシールだ！　ということは、今回は『本』を用意すればいいってことかな」

「すぐ近くに【第一閲覧室】があったよね。きっと本がたくさんあるからいってみよう！」

時計の表示はもう「０：57：01」だ。意外と時間が進むのがはやい。

幽たちは足ばやに第一閲覧室へとむかった。

第一閲覧室は他の部屋よりも明るかった。

天井を見あげると、ふき抜けになっている二階部分に窓があり、そこから光が入りこんでいる。

天井のすぐ下には、鉄のハリが何本か走っていて、西洋風のランプがならんでいた。

「なかなかおしゃれな造りだな、この建物。でも……」

幽たちの目の前にはたくさんの書棚があったが、そのほとんどは本がまばらで、すかすかだった。建てなおしのために、必要な本は移動したのだろう。

とうとつに、部屋全体が白く光る。その瞬間、激しい雷鳴がひびき、窓がふるえた。近くにおちたみたいだ。

「ひぃー!!」

太陽が耳をふさぐ。

「本の墓場みたいで、なんだかさみしいな」

幽がつぶやく。

「そ、そうだね」

太陽がうなずいた。

「ねえ、はやくさがさないと時間がないよ」

「そうだな。手分けをしてさがそう」

「じゃあ、ぼく『159キ』と『E.1』をさがすね！」

「オレは『599タ』をさがすよ」

「ってことは、あたしが『913サ』だね」

三人は手分けをして、それぞれ本をさがしにむかった。

幽は分類の案内に従って、『5　技術』の本棚にたどりついた。

そこで、本の背表紙を見てはっとした。

「そういえば、そうだった……！」

たしかに、そこには『599タ』の本があった。

しかし、一冊ではなくて、何冊もあったのだ。

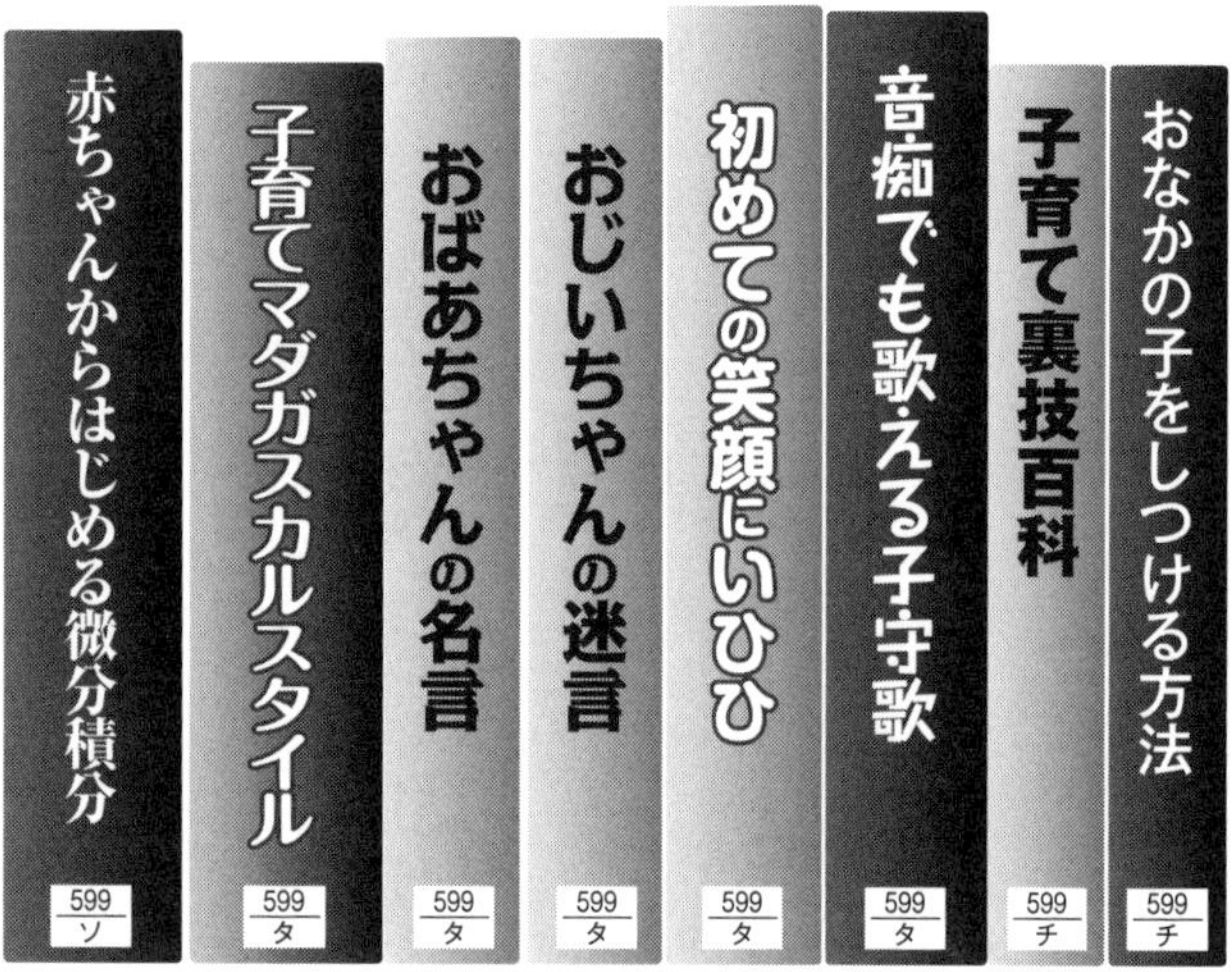

赤ちゃんからはじめる微分積分
599
ソ

子育てマダガスカルスタイル
599
タ

おばあちゃんの名言
599
タ

おじいちゃんの迷言
599
タ

初めての笑顔にいひひ
599
タ

音痴でも歌える子守歌
599
タ

子育て裏技百科
599
チ

おなかの子をしつける方法
599
チ

「同じ分類で、作者の頭文字が同じ本なんてたくさんあるはずじゃないか。どの本を選んだらいいんだ？」

けれど、のんびり考えている時間はない。幽は『599タ』の本をすべて持って、天国と地獄の扉のところにもどった。

扉の前にはすでに雫がもどっていた。

「幽！　本がたくさんあるんだけど！」

雫も両手に本を何冊かかかえている。

幽は自分が手にした5冊の本を少し持ちあげて苦笑した。

「太陽のやつおそいな。なにしてるんだ」

幽は顔をしかめて、もう一度、かべにはってあった紙に目をやった。

「ギャー！」

とつぜん、ふたりは太陽の叫び声を聞いた。

「な、なんだ!?」

「幽、いこう!」

ふたりはあわてて声のした第一閲覧室にむかった。

雷が光る。

そして、棒立ちになった太陽のシルエットがうかびあがった。

「どうした、太陽!?」

「な、なんかいるんだ。なにかがぼくの首にかみついてるんだよ」

太陽の声はふるえている。

見ると、太陽の首に茶色い毛玉のようなかたまりがついていた。毛玉はゆっくりとふくらんだりしぼんだりしていて、キーキーという声をだしている。

「コウモリ……?」

吸血コウモリか? はやく助けないと。

けれど、幽はすぐに動きだせない。

足がふるえている。

（くそう、なにをおびえているんだ。こんなとき、父さんの小説の主人公だったらどうする？）

頭に、ふいに野犬と戦った探偵の話がうかんだ。

「太陽、動くなよ！」

幽はレインコートをぬいで、グローブのように手にまきつけた。

こうすることで、手を守りつつケモノと戦うことができる。

幽は右腕をひき、じりじりと太陽に近づく。

そして、一直線に太陽の首筋に拳を打ちこんだ。

「プキー！」

コウモリは幽の拳をかわし、ひらりと舞いあがった。

「ちっ！」

するどいキバが雷光にきらめく。

コウモリは鬼がわらのようにけわしい顔で、幽にむかってきた。

かわさなくては。しかし、幽の足は動かない。

「幽！」

雫の叫び声と同時に、幽は思わず目をつぶった。

「プキー!!」

ゆっくりと目を開けると、そこには太陽がいた。

太陽が腕をさしだし、そこにコウモリがかみついている。

目元するどく、みけんにはしわが寄ったまま、キバをつき立てていた。

「太陽！」

「ぼくは、だいじょうぶ」

太陽は、自分の腕にかみついているコウモリを見つめた。

そして、ふるえるひとさし指でゆっくりとその頭をなでた。

「よく見ると、かわいい顔をしてるんだ、こいつ。腹が減ってるんだろ？　ぼくの血でよかったらやるよ」

太陽になでられるにつれて、コウモリの顔つきはだんだんやわらかくなっていった。

「プキー」

「ははは。うちにあるネコのぬいぐるみに顔が似てるなあ」

太陽は顔の前に腕をひきよせ、やさしくほほえんだ。

コウモリはキバをはずし、羽をひろげて、太陽の腕にしがみついた。

「プキ」

「ははは、くすぐったいよ」

「太陽くん、すごい……」

「博愛だ……」

ふたりは太陽を見て、目をまるくした。

「なあ、どうしたんだ？　迷いこんじゃったのか？」

「プキー」

「そうかそうか。ねえ、幽くん、こいつ連れていっちゃだめかな？　ここからでられないと燃やされて死んじゃう」

「ああ、もちろんだいじょうぶだ。それにしても、すぐになついたな」

「なぜかさ、ぼく動物とはすぐ仲よくなれるんだ」

「それは、太陽くんがやさしいって、動物にも伝わるからだよ」

コウモリは完全に心をゆるしたような顔をしている。

「名前は、えーっと、『にゃあもり』でいいかな？」

「にゃあもり？　そんな珍奇な名前……」

「プキー！」

コウモリはつばさをひろげた。

「……気にいったみたいだね。でも、なんでにゃあもりなの？」

「ああ、ぼくのお気にいりのぬいぐるみがにゃあくんっていうから。へへ」

太陽ははずかしそうに顔をかいた。

＊＊＊

幽たちは天国と地獄の扉の前にもどって、集めた本をまとめた。

初めての笑顔にいひひ
599
タ

音痴でも歌える子守歌
599
タ

おべんとうはこんぺいとう
E.1

のろのろむら
E.1

ははのはくさい
E.1

ホントにアホウドリ
E.1

頭がよくなるかくれんぼの仕方
159
キ

頭をぶつけたときに見た奇跡
159
キ

本当に必要なのはなんだっけ
159
キ

おじいちゃんの迷言
599
タ

おばあちゃんの名言
599
タ

子育てマダガスカルスタイル
599
タ

ワンダーフォーゲルワンダーランド
913
サ

月の泉
913
サ

最高の二度寝を
913
サ

黒い街と黒い鳥
913
サ

焼きたてパンのある部屋
913
サ

選択
913
サ

「これで、謎を解くための材料はそろっていると思う。あとは、頭を使うだけだ」

「この張り紙の本の背表紙にある数字ってなんなのかな？　タイトルと関係がありそうだけど」

「それから、一番上に書いてある『天と地を読め』っていうのは？」

幽はしばらくポケットに手をつっこんで考えてから、つぶやいた。

「うん。天と地っていうのは、ここのことだ」

幽は一冊の本を手にとって、本の上の部分を指さした。

「ページが束になっている、この上側の部分を『天』という。そして、下の部分は『地』。つまり、この『天と地を読め』をいいかえると『上と下を読め』ってことになる」

「へー」

雫は本を手にとって、その上と下を見た。

けれど、なにも見つけられなかったようで、すぐにやめた。

「あと、この数字があらわしてるものは、タイトルの字と関係すると思う」

「もしかして、数字の数とタイトルの文字数って同じかな？」

「ああ。きっとそうだな。それで、いくつか本がしぼれる」

「でも、同じ文字数のタイトルもあるし……。文字と数字……。あっ、わかった！」

雫が声をあげる。

「えへへ。あたしすごいかも！　ちょっと待って、どれが必要な本か、あたしが選ぶから。いつまでも幽にばっかたよってられないからね。えーっと」

雫が本をならべかえたりしている間、にゃあもりは太陽の腕で眠りそうになっていた。

幽はその様子を、気づかれないようにちらちらと横目で見る。

モフモフしている。

くりっと大きな目を細めたりひらいたりしている。

ときどき、プキとかいって鼻をひらいたりしている。

……かわいい。

「ん？　どうしたの、幽くん？」

幽の様子に気づいた太陽が首をかしげる。

「あのさ、その、そいつなんだけど、ちょっとだけさわってもいいか？」

「あ、うん」

太陽が腕でかかえたにゃあもりをさしだす。

幽はおそるおそるひとさし指を近づけた。

「プキー！」

とつぜん、にゃあもりがキバをむいた。毛がさかだつ。

「う！」

幽はあわてて指をひっこめた。

にゃあもりはしばらく幽をにらみつけたあと、太陽の腕に深くもぐりこんで目を閉じた。

「……きらわれた」

「だいじょうぶだよ。きっとすぐに仲よくなれるって。幽くんいいひとだから」

「そうだといいけど」

幽は太陽からはなれてポケットに手をつっこんだ。

なんでだよ。

なんで、オレはいつも動物にきらわれるんだ？

幽は太陽のことを見つめた。
太陽みたいなのが、動物には好かれる……のか。
ちぇっ。
幽はポケットの中で親指をぎゅっとにぎりしめた。
にゃあもりは安心した様子で目を閉じている。
「できたー！　ねえ、見てよ。幽！」
雫が選んだ本はこの４冊だった。

本当に必要なのはなんだっけ
159
キ

のろのろむら
E.1

初めての笑顔にいひひ
599
タ

最高の二度寝を
913
サ

「なるほど。これだ！　まちがいない」

幽は張り紙と背表紙を見くらべながらうなずいた。

「んふー。でも、意味わかんなくない？　これでなにかわかるかな？」

「変なタイトルの本ばかりだね。天と地を読んでも『本け』とかになるし……」

天と地を読む……。

４冊ならんだ本の背表紙をながめていた幽の目に、一つの文章が飛びこんできた。

「わかった！　あの本だ！」

幽は第一閲覧室のほうに走った。

そして、一冊の分厚い本を手にとる。

「その本が、答えなの？」

「ああ、この中になにかがあるはずだ」

幽が表紙をめくると、そこには二本のカギが入っていた。

一本には『**天国**』という札が、もう一本には『**地獄**』という札がついていた。

「天国と地獄……」

「さっきの扉のカギ、だよね？」
「選択権はオレたちにある、ってことか……」

【タイムリミットまで0：48：31】

謎かけに従って、本を集めた幽たち。
雫はどうやって必要な4冊を選んだのか？
そして、幽が見つけた本とはどんな本だったのか？（答えは182ページ）

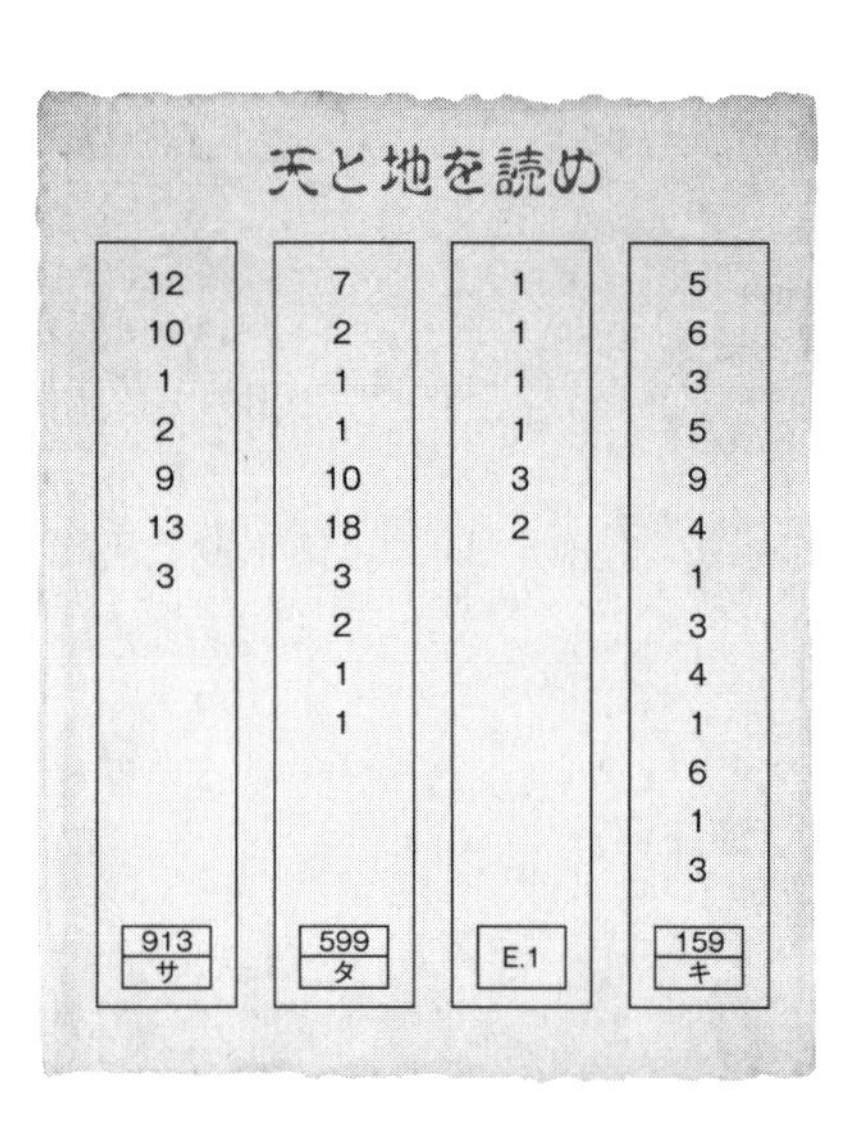

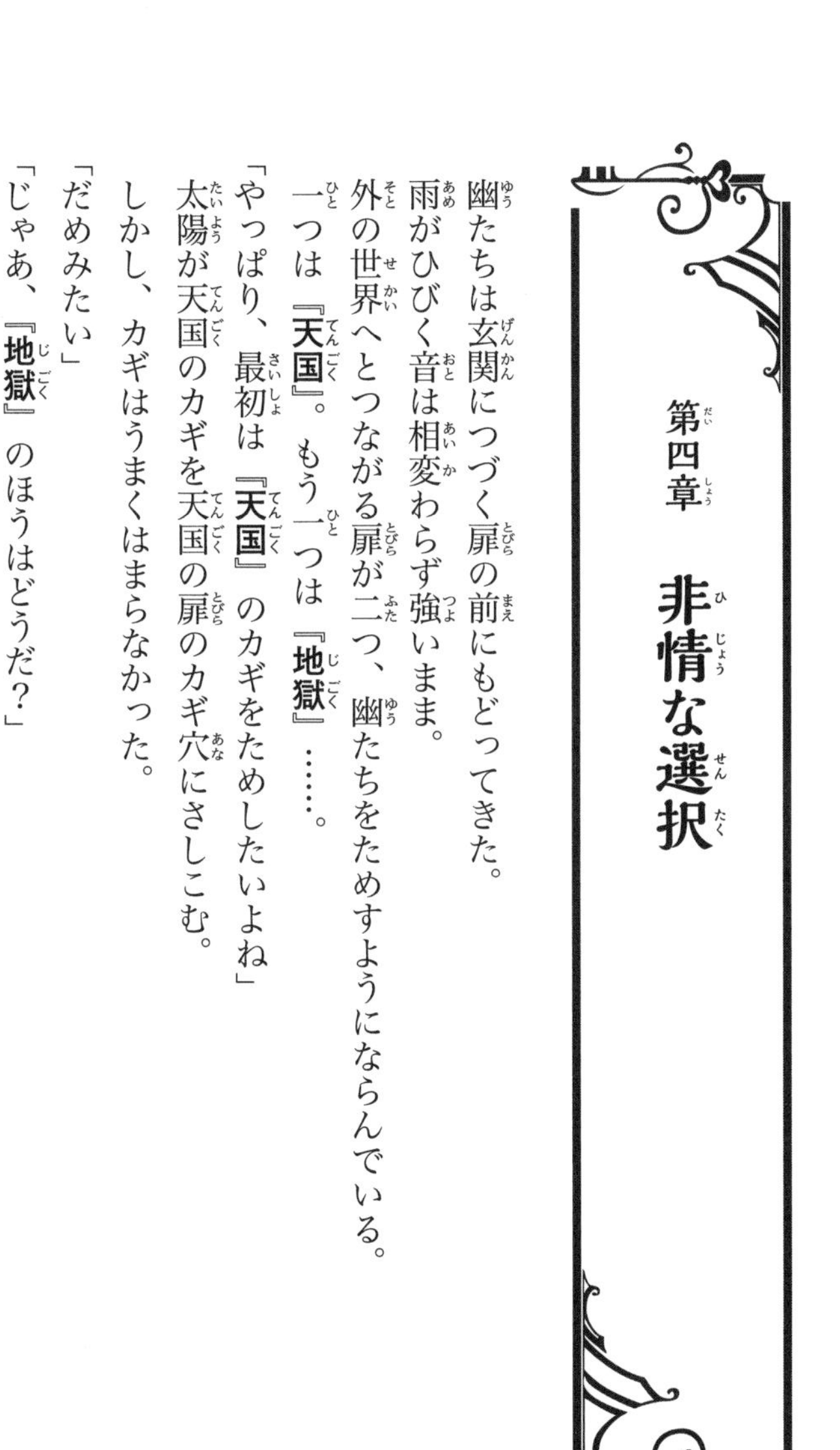

第四章 非情な選択

幽たちは玄関につづく扉の前にもどってきた。

雨がひびく音は相変わらず強いまま。

外の世界へとつながる扉が二つ、幽たちをためすようにならんでいる。

一つは『天国』。もう一つは『地獄』……。

「やっぱり、最初は『天国』のカギをためしたいよね」

太陽が天国のカギを天国の扉のカギ穴にさしこむ。

しかし、カギはうまくはまらなかった。

「だめみたい」

「じゃあ、『地獄』のほうはどうだ？」

幽は太陽に地獄の札がついたカギをわたした。

カギはするりと地獄の扉のカギ穴に入り、まわすとガチャリと解錠された音がした。

「開いた！」

「開いたのは『**地獄**』のほうか……」

太陽がおそるおそる扉をひく。

扉は意外なほどあっさりと開いた。

そのむこうには玄関があった。

玄関から外にむかう扉もひらかれていて、外から雨がふきこんでいる。

「出口だ！」

「まにあったね！」

腕時計の時間は「0：47：02」。

しかし、幽は違和感を感じていた。

こんなに簡単でいいのか？

扉に書かれていた『**地獄**』の意味は？

背後の図書館からは、まだなにかあるような気配を感じる。

うしろをふりむく。重苦しいいやな空気が立ちこめている。

外の空気は、冷たくもみずみずしくて、はやく外にでたい衝動にかられる。

ちょっと待て、と父の声が聞こえた気がした。

「みんな待て！」

「え？」

その瞬間、扉の裏側に書かれた文が目に入る。


『非情』

最初のひとりだけがでられる。のこりの者には死を。


幽はその文章を指さした。

雫と太陽ははっとして、立ち止まる。

「この扉からはひとりしかでられないってこと……？」

扉の先の天井には、無数の金属のトゲがならんでいた。

そくざに、太陽が扉からあとずさった。

雫もあわてて出口からはなれる。

「そんな……！　せっかくここまでこられたのに、ひとりだけしかでられないなんて、意味ないじゃん！」

「……」

太陽はうつむいて、つま先をぱたぱたと鳴らしている。

その様子に気がついた雫は、太陽にむきあっていった。

「ねえ、太陽くん、自分がのころうとか、変なこと考えてないよね？」

「……！」

「でるときはみんな一緒だからね。ねえ、幽？」

「あ、ああ。もちろんだよ」

幽はうろたえた。

自分にはそういう考えが思いつきもしなかった。

いままでも感じていたけれど、太陽はふつうじゃない。

自分がでられなくてもいいと考えるなんて。

それとも、オレがふつうじゃないのか?

「ねえ、幽。ぼけっとしてないで!」

雫にいわれて、幽ははっと我に返った。

考えろ。こういうとき、父さんならどうする?

ポケットに手をつっこむと、『天国』のカギがカチャリと鳴った。

「そうだよ。まだこの『天国』のカギがのこってるじゃないか。まだ『天国』の扉はひらいていない。開けるための手がかりをさがそう」

時計の表示は「0:45:58」だ。まだ時間はある。

「うん、そうだね! あきらめちゃだめだ」

「じゃあ、どこをさがそうか。第一書庫とか?」

地図を見ながら、雫がいった。

「そうだな。まずはそこからだ」

＊＊＊

幽たちは第一書庫に入ってがくぜんとした。

部屋は荒れ放題で、ゴミのような荷物が散乱していた。

ほこりくさいにおいに、思わずせきこむ。

「なんか、いらないものをぜんぶここに押しこんだみたいだね」

「うわー、すご。幽の部屋みたい」

「うるさいな」

幽は口をとがらせた。

「手がかりがありそうでいい部屋じゃないか。わくわくするね」

幽は手近な箱を一つ開けてみた。中から、なにかがするりと飛びだした。

「ぎゃ！」

幽は腰を抜かす。

「とかげだ！」

太陽は目をかがやかせて、とかげを見つめた。

「いひひー。幽、いま、ぎゃっていったね。ぎゃって。こわかったの？」

雫がにやけている。

「うるせー」

気をとりなおして中を見ると、プリント類が山ほどつまっていた。

図書館便り、新着本のお知らせ、貸しだしの注意……。

一つ一つ確認する。

「これは……」

箱の奥に、かたいものがある。幽は手をつっこんでひっぱりだす。

「……【ミシン糸】か。なんでこんなものがあるんだ？」

今度は、工具などが入った箱だ。

「……【針金】か。けっこう長いな。10メートルはあるぞ」

さらに箱を開けると、砂ぼこりが大量に舞った。

「げほげほ。ん。【ロープ】だ。綱引きでもするつもりだったのかよ」

なかなか手がかりとなるようなものは見つからない。

「あー、もう無理！　あたし、そうじ大っきらい！」

雫がバサーッと紙束をほうりあげる。

「お腹もすいたし、こんな山の中から手がかりなんて見つけられないよ」

そういってたおれこんでしまった。

「雫ちゃん、がんばろう。ここからでないと」

「あー、うん。そうだよね……。ただ、いっただけ」

雫はしぶしぶ上体を起こす。

「それに、こんなもの見つけたよ。安全かわからないけど」

「プキプキ！」

太陽の手には三つのリンゴがのっていた。

「おお！」

雫の目がかがやいた。

「においはしんせんそうなんだ。くさってることはないと思……」

「じゃあ、いいじゃん！」

雫はぱっと手にとって、ハンカチでこすると、一口かじった。

「あ！」

止めるまもなかった。

「おい、雫、ここは死の十二貴族の施設だぞ。毒リンゴってことも！」

「……!!」

雫の顔が青ざめる。

そして、苦しそうにのどを手でつかんで、もがきはじめた。

「まさか、ほんとに!?　このバカ！」

幽が雫の口に手をのばしたとき、雫ののど元から、大きく飲みこんだ音がした。

「あー苦しかった。死ぬかと思った」

「なんだよ。のどにつまっただけかよ!?」

「えへへ。おいしいよ、このリンゴ！」

雫はなんでもなかったように、二口目も食べた。

「じゃあ、オレもいただこうかな」

幽も太陽の手からリンゴを一つもらう。

そういえば、ずっとなにも食べていない。

幽は自分が空腹であることに、気がついた。

意識すると、もうダメだ。

あまずっぱいにおいをかいで、口の中はよだれでいっぱいになった。

いただきます。

「あれ、太陽くんは食べないの？」

見ると、太陽はのこったリンゴを手に持ったままだった。

「ああ、うん。ぼくはいいんだ。こいつにあげたいから」

太陽はリンゴを割って、にゃあもりの口元に持っていった。

にゃあもりはすごい勢いでリンゴにかじりつく。あっというまに、口のまわりはリンゴの果汁まみれになった。

「あはは。お腹すいてたんだな」

その様子を見て、幽はそっと自分のリンゴをポケットにつっこんだ。

「あれ？　幽はもう食べたの？」

雫がほっぺたをリンゴでふくらませながら聞く。

「ああ、もう食べたよ」

「えっ!?　しんも食べたの!?」

「あ、うん。うまかった」

「ぎょへー。食いしんぼうだねえ」

「そうなんだよ。腹ぺこでさ。ああ、はやく帰って母さんのコロッケ食べたいな」

幽は箱を開けながらつぶやく。

「ふふ、幽はお母さんのつくったコロッケが大好きだもんね。あたしは豚汁が飲みたい。うちの豚汁ってね、とにかく具だくさんで、ちくわぶと、じゃがいもと、豚肉と、あつあげと、たまねぎと、にんじんと、里いもが入ってるの。おわんからあふれそうなぐらいで、どこから食べていいかわからないくらい」

雫もリンゴを食べ終わり、再び手がかりをさがしはじめた。

「ぼくはお父さんのカレーだな。からあげがのってて、口にいれる前によだれがあふれそうになるくらい、いいにおいがするんだ。そして、口にいれるとじゅわっと肉汁がでて、ぴりぴりっとスパイスがきいてて、とにかくおいしいんだよ。今度ふたりもうちに食べにきなよ」

「プキー！」

「ああ」

「うん、いいね」

しかし、手がかりになるようなものは見つからなかった。

時計を見る。「0：38：42」。気づくと、もう40分もない。

こんなことをしていてまにあうのか。幽は手を止めていった。

「オレ、三階の閲覧室にいってみる。『天国』ってことは上の階が関係あるかもしれないから」

「ひとりでいくの!?」

「ああ、そのほうがはやいだろ」

「じゃあ、あたしは電気室にいってみる。いかにもあやしいものがありそう」

幽と雫は第一書庫からでて、それぞれの部屋にむかった。

幽は二階にたどりつき、まだ開いていなかった三階へとあがる扉に『天国』のカギをさしこんだ。

カギはぴたりとカギ穴に収まった。

あたりだ。

「よし」

扉をひらいて、三階へとかけあがる。

「はあ、はあ」

そこは六角形のかたちをした部屋だった。

部屋の真ん中には木製の大きなテーブルがあり、ランプに灯がともったままだった。

ワイングラスがランプのゆらめく灯を反射させて、それが幽の目にちらちらと飛びこんでくる。

ゆかにはレオが持っていたぶどうジュースの空きビンが何本もころがっていた。ぶどうの強いにおいがただよっている。

「あいつ、ここにいたのか」

テーブルの上にはごちゃごちゃと色々なものがのっている。

その中に、一冊の本がひらいたままで置かれていて、その上にカギがのっていた。

『電気室』という札がついている。

「こんなところにカギがある。雫のやつ、電気室に入れなくて困ってるだろうな」

幽はレインコートのポケットにカギをいれた。

そのとき、ふと、一枚の便せんが目に入った。

赤い字の異様な手紙。

しかし、見覚えのある筆跡。

「な、なんだこれ!?　父さんの字だぞ」

幽かな悪い
心がかねて
よりあり、さかんに私
の魂をゆさぶっていた。このこ
とに気付いた
ので、私は真の悪を生む
君達に与し、私の
生活、幸福を捨てる決心をし
た。より深き悪の誕生を祈る。

月読礼

幽はふるえる手で手紙を持ちあげ、目を通す。

『悪を生む君達に与し』

……死の十二貴族に協力するってことか？

『生活、幸福を捨てる』

……オレたちをすてた？

父さんは死の十二貴族の仲間になった？

そして、そのためにオレたち家族を見すてた？

「……」

幽は手紙を見つめる。

何度も、読みかえす。

『より深き悪の誕生を祈る』

「……」

『月読礼』

「……なんだよ。どういうことだよ!?　父さんは死の十二貴族に寝がえったってことなのか!?」

ぐるぐるとまわる幽の脳に、階下から声が届いた。

「きゃー!」

雫の悲鳴だ。

幽は手紙をポケットにつっこんで、階段をかけおりた。

体が勝手に動いている気がした。

＊＊＊

階段をおりると、太陽が電気室のドアノブをつかみ、扉を開けようとゆさぶっていた。

「幽くん!　開かないんだ!　どうしよう!?」

「声はここから聞こえたのか?」

「ううん。わかんない。でも、さっき電気室にいくっていってたから」

「ここのカギはオレが持ってる!」

幽は先ほど手にいれた電気室のカギで扉を開けた。

電気室には明かりがついておらず、暗い。

「おい、雫！　いるか？」

反応はない。

幽は電気のスイッチを押した。

不自然なほど白く明るい蛍光灯の光が、部屋を照らす。まぶしさに幽は目を細めた。

金あみに『変電設備』『高電圧』『立ち入らぬこと』と注意書きがはりつけてあり、その奥には、メーターやスイッチがついた、金属製のロッカーのような四角い箱がならんでいた。

だれかがいるような気配はない。

「ここにはいない、のか？」

幽は雫がいたこんせきがないか、部屋中に目を配る。

金あみは真ん中部分がひらくようになっていて、中に入れるようだ。

そこにはカギのようなものがぶらさがっていた。

「あれはなんだ？」

「ぜったい、つぎの手がかりだよ！」

「けど、こういうのはあやしい。推理小説だと、かならずワナがしかけられている。それに、いまは、雫をさがすのが先だ」

「うん、そうだね。ここじゃないとしたら、どこなんだろう？」

太陽がなやんでいると、制服のポケットに収まっていたにゃあもりが羽ばたいた。

「プキー！」

扉からでて、ろうかの右側に飛んでいく。

「あ！　待って！」

「あいつ、コウモリだから耳がいいのかも。追うぞ」

「うん」

にゃあもりは、女子トイレのドアの前でくるくると飛びまわっていた。

「プキプキー」

「にゃあもり、ここに雫ちゃんはいるの？」

「プキ！」

「雫、開けるぞ！」

返事を待つが、中からの声はない。

幽はドアを開けた。

しかし、そこはトイレではなかった。ただの真っ白い部屋だった。

「な、なんだこれ!?」

「なにもないいじゃないか」

にゃあもりは部屋の中をいったりきたりしている。

「となりの男子トイレも見てみよう」

ふたりが男子トイレをのぞくと、そこはたしかにトイレだった。

けれど、旧図書館には似つかわしくないほど清潔なトイレで、ウォシュレットまで完備されている。

「トイレと電気室だけ、他の部屋とはちがう。近代的すぎるな」

「雫ちゃん、どこにいっちゃったのかな」

そのとき、口笛が近づいてくるのが聞こえた。

「な!? この音は!」

「なに? どうしたの、幽くん?」

「死の十二貴族がくる!」

「そんな!」

「にげるぞ、太陽!」

「うん、にゃあもりもはやく!」

幽と、にゃあもりをかかえた太陽はトイレからでた。

その瞬間、トイレわきにあるドアがひらき、死の十二貴族のレオが建物に入ってきた。

レオはカギを閉めると、ゆっくりとふりかえった。

無言で幽たちを見つめる。

口元は笑っていた。

「な、なにをしにきた!? まだタイムリミットにははやいはずだ!」

「もっとかんげいして欲しいなあ。手伝いにきたんだからさ」

「手伝う？」

「ああ。おい、そこのチビぼうず。おまえ、ぶどうジュースは好きか？」

「え!?」

「おい、俺の質問にははやく答えろよ。正直にな」

レオの冷たい視線が太陽をじっととらえている。

「あ、あ、あの……」

「もう一度聞くぞ、ぶどうジュースは好きか？」

「あ、あんまり」

太陽の声はふるえていた。

「太陽！　その答えはダメだ！」

幽の制止はおそかった。

「そうか。じゃあ、決定だ」

レオは銃をかまえて太陽にむけた。

「俺はおまえが『きらい』だ。消えてもらおう」

「にげろ、太陽！」

幽はレオに体あたりをした。

「幽くんを置いてなんていけないよ！」

「だいじょうぶ！　こいつの狙いはオレじゃない。はやくいけ！　そこにじっとしていられたら逆に迷惑だ！」

「……う、うん。わかった!!」

太陽は走りだした。

「おいおい、月読幽。それはなんだ？　ヒーローのふりか？　まあ、いい。すぐに終わらせてやるから」

レオは幽を持ちあげて、ゆかにたたきつけた。にやにやしながら、太陽のあとを追う。

幽も身を起こし、レオのあとを追った。

「待て！」

レオは電気室の扉の前にいた。

「くっくっくっ。カギを閉めてもむだだぜ」

レオはドアノブのあたりに銃をむけ、うった。

ドアノブがくだけ散る。

「ギャー！」

部屋の中から太陽の叫び声が聞こえる。

「太陽っ!!」

「お、もしかしたら弾があたったか？」

レオは扉をけやぶった。

「おやおや」

レオが苦笑している。

幽がレオを押しのけて部屋の中をのぞくと太陽はいなかった。

「自分でつぶれたか。まあ、いい」

「おい、太陽はどこにいった！」

幽はレオに殴りかかる。

けれど、レオは平気な様子で笑っていた。

「おいおい、これが本当に怒っている者の拳かよ。チョロいなあ」

「くそう！　くそう！」

幽の拳はレオの頑強な体にはねかえされる。

「自分のきもちに正直になりな。まだ若いから、認めたくないのかもしれないけれどな。でも、それは悪いことじゃねえ。むしろ、人生の正しい歩み方ってもんだ。おまえの父もそうだったじゃないか」

「？」

「あの手紙を読んだんだろう？　あれは契約書だ。おまえの父、月読礼は俺たちの仲間になったんだ。ここの謎だって、月読礼がつくったんだぜ。おもしろかっただろう？」

「そ、そんな。本当に……？」

幽の頭の中がぐるぐるとまわる。

「うあああああ!!」

「答えは簡単だ。ふたりを見すてて、ひとりで『**地獄**』の扉をくぐるだけなんだから」

叫ぶ幽をしり目に、レオは口笛をふきながら軽快な足どりで去っていった。

【タイムリミットまで0：29：55】

第五章　地下迷宮からの脱出

「幽、小説家の想像力は戦うための力になるんだ」

父がやさしくほほえんで、幽の頭に手をのせる。

「父さん、オレね、小説書けるようになったよ。たくさん練習したんだ」

「ほう、それはすごいな」

「……父さんにさ、どうしても会いたかったから」

「ははは。うれしいなあ。……でも、幽。それはよけいなお世話だよ」

「え？」

「父さんはね……、死の十二貴族になったんだから！」

父が悪魔のような顔で笑う。

「そんな！　なんで!?」

幽ははっと意識をとりもどした。

ここはうす暗い旧図書館のろうか。

とっさに時計を見る。「0：28：02」。ほんのわずかな時間だったみたいだ。つかのま、気を失っていたらしい。

「……」

みんないなくなってしまった。

オレにはなにもできることなんてないじゃないか。

ごめん。ぜんぶオレのせいだ。

オレが調子にのったから……。

そのとき、幽の背中にこそばゆい感覚があった。

「プキー！　プキー！」

にゃあもりだ。

にゃあもりが幽にしがみついて、必死になにかを伝えようとしている。

「おまえ……」

にゃあもりは、電気室の中に飛んでいく。

「その中は、どうなってる？」

幽はふらふらと立ちあがった。

死の十二貴族のレオは、太陽がつぶれたといっていた。

もしかしたら、なにかのワナで……。

幽は、恐怖をおさえつけて、電気室に足をふみいれた。

太陽の姿はない。

ただ、先ほどと様子が変わっていた。

金あみの扉が少しひらいている。

そして、その内側のゆかには大きな四角い穴があいていた。

「太陽はあそこにおちたのか？」

それから、もう一つ。

先ほどぶらさがっていたカギのようなものが消えていた。

きっと、太陽がとったのだ。

自分が危険な目にあっていたのに、それでもみんなのことを考えてカギに手をのばした太陽。

「まったくすごいやつだよ。あいつは」

幽は穴の縁に立ち、中をのぞいた。

黒々として、底は見えない。

そのとき、幽は穴の両わきに、文字がうかびあがっているのに気がついた。

墓穴へいのち零すより、消え
たこえいごうに忘れ、先進め

「消えた子、永劫に忘れ、先進めだって？　ふざけんなよ。オレはぜったいにそんな大人にはならないからな」

幽は文字の部分を足でふみつぶした。

「おりてあいつを助けよう。オレに太陽みたいなことができるかはわからないけれど」

しかし、穴を前にすると、どうしても足がすくんでしまう。

くそ！

なんて弱いんだ。こんなときでも、オレは友だちより自分を大切にしてしまう。

太陽ならどうする？

きっとなんも考えずに飛びこむだろう。

でも、自分にはできない。

自分にできるやり方は……。

「【命綱】だ。【命綱】をつくろう。そして、この穴をおりるんだ。そうしたら、またここにのぼってくることもできる」

そうつぶやいて、うなずく。

勇気がたりていなくて情けない。けれど、それがオレの精いっぱいだ。

「太陽、雫、もう少しだけ待っていてくれ。かならず見つけるから」

幽は親指をぎゅっとにぎりしめた。

「あそこにいけば、【命綱】がつくれる」

＊＊＊

幽は第一書庫にむかった。

再び訪れた書庫はしずまりかえっている。

さっきは太陽や雫と好きな食べ物の話をしたりしたっていうのに。

「よし、あった」

幽は【ロープ】を箱からとりだすと、肩にかついで、電気室にむかった。

電気室にもどってきた幽は、【ロープ】を金あみの根元にぐるぐるとまきつけると、穴の中に垂らした。少しずつ、垂らす長さをのばしていく。

しばらくして、【ロープ】のはしが地面につく音がした。

穴をもう一度見る。

歯がふるえて、ガチガチと鳴る。

のこり時間は「0：19：49」。

「だいじょうぶ。オレにもできる」

「プキ！」

ポケットにもぐりこんだにゃあもりが鳴く。

「はは。オレのこと、はげましてくれてるみたいだな」

幽は【ロープ】を腰にまきつけて、穴の中に飛びこんだ。

体がふわりとうかび、それから風を感じる速さで、おちていく。

まるでジェットコースターだ。

少しすると、体の右側面がゆかにこすれ、体が持ちあがるような感覚がした。

斜面をくだっている。

そう気づいたところで、ロープがきゅっとしまって、腰がしめつけられた。

「くっ」

ロープがぴんとはる。

幽は腰にまきついたロープをゆるめて、のこりのロープを手でにぎりしめながら斜面をおりていく。

「う……。このにおい、あれだ」

歯医者でかぐようなにおいがしはじめ、だんだん強くなっていく。

まるで、なにかを消し去ろうとしているかのような、におい。

斜面が終わり、水平になったところで、幽は一息ついた。

おりきったところも真っ暗。

なにも見えない。

音もない。

化学薬品のにおいだけが感覚を刺激する。

「おい、太陽、いるか？　雫もこっちにきてないか!?」

「いるよ！　ぼくはここだよ！」

すぐそばから太陽の声が聞こえる。

「よかった。こっちにこいよ。出口にロープをつけてある。はやく脱出しよう！」

しばらくして、雫の責めるような声が聞こえた。

「幽のバカ！　なんできたの!?　もう時間がないんだよ！　こっちにきてる場合じゃないでしょ!!」

「えっ？」

「そうだよ、幽くん！　もう無理なんだ。いまからでもいいから、ひきかえして！」

ふたりともなんでそんなこというんだ。

せっかくきたっていうのに。オレだってふたりを助けたいのに。

「無理ってどういうことだよ!?」

「ここ、迷路になってるの。もうずっとぐるぐるしてるのに、どうしたらいいかわからないよ！」

「迷路？」

「真っ暗でどっちにまがったのか、とか、ぜんぜん覚えられないんだ」

「だから、無理なの。幽はぜったい、こっちに入りこんじゃダメ!!」

しぼりだすような雫の声。

幽は声がするほうに近づいた。

手をのばすと、コンクリートのような手ざわり。

たたいてもパシパシと音がするばかりで、がんじょうそうだ。

たしかに、迷路になっているんだ。

いま、迷路に入りこんでしまったら、おそらく時間にはまにあわない。

ここが生と死のわかれ道だ。

ふるえる足に力をこめようとしたとき、幽は違和感を感じた。

さっきから、オレはなにかを見おとしていないか?

「プキ!」

「ああ、にゃあもりもそこにいるの!?」

「あ!」

にゃあもりが、幽のポケットから飛び立つ。

バタバタという羽ばたく音がしたかと思うと、すぐに太陽が声をあげた。

「あはは。にゃあもり、くすぐったいよ！」

「プキプキー！」

にゃあもりが太陽にじゃれついている声が聞こえる。

「でも、ダメだ！　にゃあもりも幽くんについて、外にでるんだ！」

幽の違和感がより深まる。

ここにきてから、なにかが変だ。

そして、変といえばさっき穴の横にあった文章だ。

あれも、漢字とひらがなが変にまざっていて、不自然な文章だった。

もしかして、あれは暗号？

「幽、またぼーっとしてるんでしょ!?　あんたははやくもどるの！　あたしたちのことはもういいから！　しっかりしてよ！」

雫がかべをたたく音が聞こえる。

そこで、幽ははっとした。

「おかしくないか？」

「な、なにが？」

「どうして、迷路の中にいるのに、オレたちはこんなに簡単に話ができるんだ？　そして、にゃあもりはすぐに太陽のところまでいけたんだ？　そうだよ、そんなのおかしいことだったんだ」

「そ、そういえば……」

暗号を思いうかべていた幽は、もう一つのことに気がついた。

「不自然だったのは文字だけじゃない！」

そのとき、幽の頭に暗号の解答がひらめいた。

「そうだ、あれはぜんぶ読む文章じゃなかったんだ。特定の場所だけ、読むものだったんだ！」

「な、なんの話？」

「暗号の答えがわかった！　そして、この不自然な環境。そこからみちびかれる解答はこうだ！」

幽は暗号の答えに従って、塀の上に手をのばした。

手のひらにコンクリートの感触がある。

今度は飛びあがって、手をのばす。

塀がない。

「よし、ここだ！」

幽は、塀の上側に手をひっかけてぶらさがった。

体を持ちあげて、塀の上側にのる。

「やっぱりな」

「あ、幽くんの声がさっきよりも近い！」

太陽の声がすぐ下からした。

「この塀、上の部分がないんだ。暗くて見えなかったけれど、ここは完全な迷宮じゃない。

塀をのりこえてくれば、こっちまでこられる！」

「幽くん！」

太陽が幽の横にのぼってきたのを感じる。

「あたしもすぐにそっちにいく！」

雫もしばらくして、幽のもとにやってきた。

「雫。ここにつかまれ」

幽は手をさしだす。

「うん」

幽の手のひらに、雫の手のひらがふれる。あたたかい。

「悪い。おそくなったな」

「ううん。あり、がとう……」

「おい、泣くなよ」

「だって、こわかったんだもん……」

雫の小さな泣き声が、無音の暗闇の中でひびいた。

【タイムリミットまで0：10：01】

謎に挑戦！ その四

落とし穴のメッセージ

太陽がおちてしまった穴のわきに書かれた文章。

ここには、あるメッセージがかくされている。

そのメッセージはどんなものかな？ （答えは183ページ）

第六章　最後の脱出

幽たち三人は玄関にもどってきた。

「そうだ。ぼく、穴におちる前にこれを手にいれたんだ」

太陽がさしだしたのは、カギだった。しかし、ふつうのカギよりも、細い。

「あ、それと同じの、あたしも持ってる！」

雫がポケットからとりだしたのも同じように細長いカギだった。

「あたし、トイレにいったときにこれを見つけたんだ。ウォシュレットのボタンを押したら、カギが上からぶらさがってきて、それをとったら、トイレ全体が地下にさがっていったんだよ。本当にこわかったんだから」

雫がほっぺたをふくらましている。

「ちょっとその二つのカギ、貸してくれないかな？」

幽はふたりからカギを受けとると、その二つのカギを横にならべた。

「おお！　この二つ、あわせると一つのカギになる！」

二つのカギをそろえてくっつけると、それらはカチリとはまった。

「わあ！」

「そのカギって、今度こそ『天国』の扉のカギじゃない？」

「うん、そうだと思う。いれてみよう！」

幽がカギをさしこむ。

カギはジャコッという音とともに穴に入った。

まわす。

カギが開く手ごたえを感じる。

「やった。開いた！」

幽はドアノブをまわし、扉をひいた。

扉には

『愛情』

弱きを助けた者の道

と書かれていた。

「そっか。これってこのカギをとるために必要だったことなんだ！　『天国』の扉は助け
あいの扉だったんだ」

「ついに、あたしたち、でられるんだね」

「ああ」

そういいながらも、幽の脳裏をいやな予感がかすめる。

時間はあと「0：09：15」。

全員がでられる出口はもう、すぐそこにある。

けれど、まだなにか、忘れていることがある。それはなんだった？

そのとき、外から口笛が聞こえてきた。

レオの口笛。

「あ、そうだ。あいつ、あのとき！」

——天国と地獄ならどっちが好きだ？

と質問していた！

そして、その答えは……。

にゃあもりが外の空気に感づいて、飛びだした。

「プキー！」

「あ、待て!!」

幽が手をのばしたそのとき。

パン！

パン！

と銃声がひびいた。

「……なんだコウモリか」

小さいが、レオの声が聞こえた。

「まあ、月読幽がこんな出口を使うやつだとは思えないからな」

男はまた口笛をふきはじめた。

「ね、ねえ。なんでうったの？」

ゆかに座りこんだ太陽がつぶやくように聞く。

「にゃあもり……」

いまにも泣きだしそうな太陽の口を、幽は手でふさいだ。

ここにいることをさとられてはいけない。

幽は太陽と雫を連れて、第一閲覧室にむかった。

＊＊＊

三人はしばらくだまったままむきあった。

にゃあもりがうたれた。

太陽はだまっているが、目からなみだがあふれでている。

雫も、うつむいたままじっとしている。

幽も、考えようとしても、うまく考えられないでいる。

「ねえ」

太陽がつぶやく。

「なんで？　なんでにゃあもりはうたれなくちゃいけなかったの？　ぼくたち、ちゃんと謎を解いて、カギを開けたじゃないか。力をあわせて、助けあって！」

「……それがいけなかったんだと思う」

幽が答える。

「あいつら、助けあう、とかそういうのがきらいなんだ」

「え？」

「オレ、どうやらあいつらと考え方が似てるらしい。だから、わかっちゃったんだ。あいつらにとっての正解は、『**非情**』の扉のほうだってことが」

「正解？　正解ってなに？」

「おそらく、だけど……。ここは死の十二貴族が新メンバーを見つけるために用意した施設なんだと思う。子どもたちを連れてきて、その中で死の十二貴族にむいているひとを選別するための」

「……」

「『知恵』『勇気』『力』。そして、『非情』。それらを備えた人物が、死の十二貴族は欲しい。『知恵』や『勇気』や『力』があっても、『愛情』を持つようなひとはいらない。そういうことだと思う」

「じゃあ、どっちにしろ、ぼくたちはもうここからでられないってこと？」

「いや」

幽は一呼吸おいていった。

「……ひとり、『非情』なやつだけはでられるってのが正しい」

「！」

「な、ひどいやつだろ？　……実は、さっきからずっと考えてたんだけど、オレはふたりよりもずっとひどい人間なんだ。ふたりは自分のことよりもオレのことを考えてくれた。でも、オレはまず最初に自分の安全とか、そういうものを考えちゃうんだ。ふたりを助けにいくときも、ほんとはもっとはやくいけたのに、準備してからむかったんだ。ごめん」

つつみかくさない自分は、こんなにみじめだ。

「なにバカなこといってんの？」

気づくと、雫が幽の目を見ていた。

「そんなのあたりまえじゃん」

「あたりまえ？」

「うん、ぼくもだよ。心の中では、きらわれたくない、とかそういう色々なこと考えて、助けたりしてる。ぼくだって、つまんない人間なんだよ」

「そんなことない！」

幽の口から思わず大きな声がでる。

「だから、まあ、そういうこと。幽は幽だよ。だいじょうぶ」

雫は歯を見せて笑った。

「雫、太陽……」

そうか、だいじょうぶ、なんだ。

あたりまえのこと、だったんだ。

幽の肩から力が抜ける。

「プキー」

そのとき、聞き覚えのある鳴き声が上からおりてきた。

「にゃあもり！」

「プキプキ！」

にゃあもりは太陽の腕に着地した。

「生きてたのか！」

太陽は泣きながら、ぎゅっとにゃあもりをだきしめた。

「弾があたってなかったんだね」

雫の目にもなみだがにじむ。

本当によかった。

けれど、にゃあもりはどうやってここにいる?

「なあ、おまえ。どこからここに入ってきたんだ?」

「あ、あそこ!」

雫が二階部分にある窓を指さす。

よく見ると、そのうちの一つはガラスがはずれ、外とつながっていた。

「あそこから入ってきたんだ」

天井を見あげていた幽の脳内に、とつじょ、電撃が走ったような感じがした。

思いうかんだ。

密室殺人を犯した犯人が密室から脱出した、とあるトリックが。

それを使えば。

「でられる……」

「え?」

「みんな、ここからでられるぞ!」

幽はほほを少し紅潮させて、ふたりといっぴきを見た。

腕時計を確認する。「0：07：28」。だいじょうぶ。

「必要なのは、【糸】と【針金】と【ロープ】、それから【リンゴ】だ！」

第一書庫と電気室で道具を集めた幽たちは、再び第一閲覧室にもどってきた。

「糸と針金とロープは見つかったけど、リンゴはもうぜんぶ食べちゃったよ」

太陽がいう。

「だいじょうぶ。ここにあるから」

幽はポケットからリンゴをとりだした。

すかさず、にゃあもりがプキプキと鳴く。

「ははは。にゃあもりは食いしんぼうだな。まあ、リンゴじゃなくてもいいんだけどね。このくらいの重さのものがちょうどいいんだ」

「それで、どうやるの？」

「このリンゴをあのハリの上に投げつける。それで、オレたちはこの密室から脱出できる」

幽はリンゴに糸をまきつけながらいった。ハリというのは、ふき抜けの天井近くにある、金属製の四角い棒のことだ。いまいるところからは、5メートルくらいの位置にある。

「けっこう高いね」

「だいじょうぶさ。この糸をハリの上にひっかけるんだ。リンゴが重りになる」

のこり「0：05：41」。

ここで失敗するわけにはいかない。幽はリンゴをぎゅっとにぎりしめた。

手をひき、上むきに体を反らし、【糸つきのリンゴ】を天井にむかって投げつける。

リンゴはまっすぐに飛んでいく。

そして、……ハリにぶつかってぐしゃりとつぶれた。

こわれたリンゴがおちてくる。

もう一度、ぐしゃりとなる。

ゆかにこなごなにくだけたリンゴが散らばった。

「あ……」

「あーあ」

「やっぱり」

雫は思わずため息をついた。

「う……」

幽の顔が赤くなる。

「プキプキ!」

にゃあもりもなにかいっている。

「ち、ちがう。これはわざとなんだ」

幽はリンゴについていた糸をひろいあげると、にゃあもりの足にちょうちょ結びした。

「さあ、飛び立て! にゃあもり!」

幽がにゃあもりをほうりあげると、にゃあもりはハリを目がけて飛んだ。そして、ハリの上に立つと、こびりついたリンゴをぺろぺろとなめはじめた。

「太陽、あっちからにゃあもりを呼んでくれ。そうしたら、ハリの上に糸がひっかかる」

「うん、わかった!」

太陽はにゃあもりが食べ終わるのを見計らって、声をかけた。

「おーい、にゃあもり! おいでー!」

「プキー！」

にゃあもりはハリを通りこして、太陽のところへ飛んでいった。

太陽がひろげた腕の中に飛びこむ。糸は幽の手元から、ハリの上を通って、太陽のほうへのびていた。

「よし、筋書きどおり。天才的だ」

「ほんとかなー？」

雫が疑わしげに、幽を見る。

「うほん。太陽、その糸をにゃあもりからはずしてくれ。その糸がオレたちの脱出への道筋を切りひらく、クモの糸になるんだ」

「えー、でもこんなに細い糸じゃ切れちゃうんじゃない？」

雫が糸をひとさし指でなでながら聞いた。

「オレたちはロープをのぼってでる。そのための、【ロープ】と【針金】だ」

「んん？　どういうこと？」

雫はみけんにしわをよせる。

「この糸を針金に結びつける。ちなみに、この針金はじゅうぶん長くて、10メートル以上ある」

幽は針金と糸をしっかりとつなげた。

そして、太陽へむかって声をかける。

「その糸をどんどんひっぱってくれ！　なるべくそーっとだ」

「うん、わかった！」

太陽が糸をひく。針金がするすると持ちあがる。

「あ、そうか！」

「そう、糸のようなそれほど強くないものでも、針金くらいなら持ちあげることができる。そして、今度は、針金の先にロープをつなげる」

幽は針金をロープにぐるぐるにまきつけ、とれないようにした。

「針金はロープを持ちあげることができる。ロープはオレたちを持ちあげることができる。そういうことさ」

「ほえー。なるほどー。……やるじゃん」

「だろ？」

幽は得意顔になった。

「これ、どんどんひっぱればいいんだよねー？」

「そうだ。ロープが手元にくるまでやってくれ」

少しして、太陽はロープのはしを手にした。

「やった！　これででられるんだね！　ふたりともつかまって。ぼくひきあげるから」

「悪い。太陽、ちょっと交代してくれ。オレがやる」

「どうして？」

幽は太陽のところへむかい、ロープを手にする。

あと「0：03：49」。

「実はオレ、高いところが苦手なんだ。通称、高所恐怖症という病だ。だから、あとがいい」

幽ははずかしそうに鼻の下をひとさし指でなでた。

「うん、わかった。それじゃ、先にのぼって安全な道を確保しておくね」

「外におりるときは、このロープをあのハリの根元に結びつけて、それを伝っておりるといい」

太陽に、まるめたロープをわたす。

「じゃあ、しっかりつかまってくれ！　ひきあげるぞ。雫も手伝ってくれ」

「うん！」

太陽の体がゆっくりと持ちあがる。

限界までひきあげられたところで、太陽は手にしていたロープをハリに結わえつけ、窓の桟に立った。

「オッケーだよ！」

時計を見る。「0：02：28」。

「じゃあ、つぎは雫だ。無事に脱出できるぞ。オレより軽かったら、だけど」

「バカ」

雫が幽をにらみつける。

「でも、……ありがと」

「いえいえ」

幽はロープをひく。雫は両手でぎゅっとロープをにぎりしめた。

雫がぶらさがったロープが天井にむかう。

太陽が雫の手をとり、雫も窓の桟に足をついた。

よかった。

「さあ、幽くん！　今度はふたりでひっぱるよ！　ロープを持って」

「ああ！　でも、そんな場所でロープをひいたら危険だろ。建物の外におりてから、ひきあげてくれ」

「そうだね！　雫ちゃん、はやくおりよう」

「幽もはやくこっちにきてね！」

ふたりの姿が窓のむこう側に消えた。

時間は「0：01：13」。

その様子を見届けて、幽はほっと息をついた。

「筋書きどおりだな。さて、オレは忘れものをなんとかしにいくか。……じゃあな、雫、太陽」

幽はロープから手をはなして、ひとり玄関にむかった。

【タイムリミットまで0：00：59】

謎に挑戦！ その五
最後の暗号

実は、ここまでに幽も気がついていない暗号がある。
そこには、ある重要なメッセージがかくされている。
謎をぜんぶ解いた者だけが解ける、最後の暗号だ。（答えはこのあとすぐ！）

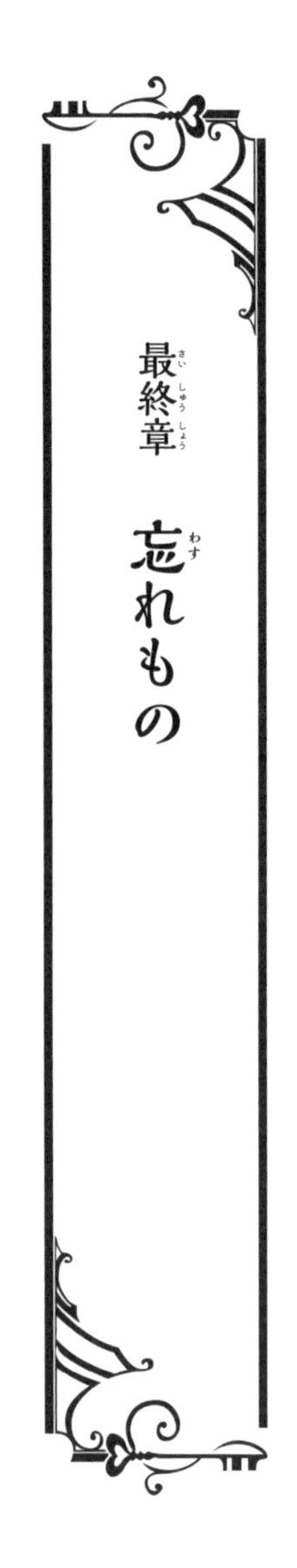

最終章　忘れもの

「やはりこちらの出口からでてきたか」

幽の目の前には雨でずぶぬれになった死の十二貴族、レオが立っていた。

ぬれた髪の奥に見える目は、先ほど見たときよりも血走っていて、よろこびと狂気をおびていた。

「オレ、考えれば考えるほどわからなかったんだ。あいつらがなんであんなにやさしかったのか」

「それは、ちがう種類の人間だからだよ。あっち側の人間のことを、こっち側の人間は理解することができない。おまえはこっち側、ということだ」

「つまり、オレは死の十二貴族にむいている、と？」

「ああ、ぴったりだ。さて、おまえの父、月読礼について知っていることを教えようか」

レオはふところからぶどうジュースのビンをとりだした。

「いや、いい。もう、あいつのことなんてどうでもいいんだ」

幽は第二閲覧室で手にいれた、父の手紙をレオに見せた。

「そうだったな」

「その代わり、オレを死の十二貴族にいれてくれ。オレは死の十二貴族をつぶしてやる。あの男にしかえしがしたいんだ」

「死の十二貴族をつぶすために、死の十二貴族に入る？　はっはっは！　おもしろい！　いいねえ、俺が話を通しておいてやる」

レオはぶどうジュースのビンをあおった。

「おまえも飲むか？　うまいぞ」

「いや、いい」

幽の腕時計からピピピピとアラーム音がした。

「さて、火をつけるか。おまえがまにあってくれてよかったよ」

レオがライターに火をつける。

そのとき、建物の奥からひとかげが飛びだした。

「幽！」

「幽くん!!　いま助けるからね！」

太陽がレオに飛びかかる。

レオは太陽をけりとばした。

雫も木の棒を持って、なぐりかかる。

レオは軽々と身をかわし、雫の腹をなぐりつけた。

「おい、なんでこいつらが生きているんだ？　どうやって外にでた？」

レオは幽をにらみつける。

幽は氷のようにかたまった。

「まあ、どうやったかなんてことは、どうでもいい。大事なのはおまえの心だ。おまえの心にまだ、やさしさのようなものがのこってるんだとしたら、さっさとすてたほうがいい」

男は幽の足もとに銃を投げてよこした。

「それを使え。最終試験だ」

幽は銃をひろいあげた。

強い雨の中、雫と太陽のふたりは、泥にまみれて地面にたおれている。

雷が鳴った。

幽は、銃を見つめる。

重い。

「さあ、おまえの中の悪を解きはなて」

レオが笑いながら幽にいう。

幽はレオを見つめかえした。

そして、口のはしを持ちあげて笑った。

「オレの中に悪がある？　残念。おまえが見ているのは幻影だ」

幽は銃口をレオにむけた。

「ふたりといてわかったのは、オレはおまえみたいにふりきれた悪人ではないし、完全な善人でもないってことさ。ふらふらとはっきりしない、ふつうの人間だよ」

「……」

レオの闇のように黒い目を、正面から見すえる。

「オレの忘れものは……、レオ、おまえを始末することだ!!」

幽は引き金をひいた。


カチッ!


弾はでない。

「はっはっは！　どうやら、おまえは死の十二貴族失格だな。残念だ」

レオはふところからもう一丁の銃をとりだすと幽にむけた。

「さよならだ」

「プキー!」

「ぐわ！　なんだ、こいつ!?」

にゃあもりがレオの顔に飛びついている。

幽は、すぐさまレオの手をねじり、銃をうばった。

「うおおお！」

太陽が、レオの背中にぶつかって押したおす。

「逆転だな」

幽はレオの後頭部に銃をつきつけた。

「くっくっく。この俺がガキに足をすくわれるなんてな」

レオの体から力が抜ける。

「ああ、やっぱりおまえには死の十二貴族に入ってもらいたかったぜ。月読礼同様、おまえも優秀だからな」

「じょうだんをいうな」

「月読礼にはな、なにかかたい芯のようなものがあったんだ。そういうやつは、なかなかいない」

「芯なんかあるもんか。あいつは、オレたち家族を裏切ったんだ」

「それを、死の十二貴族は服従させたんだ。最高だったぜ。悪をのぞく者は、いつのまにか悪に魅入られているものなんだぜ？　あの男も死のふちに立って、やっとそれに気がついたんだ。命をふりしぼって書いていたらしいぜ、あの手紙。きっとおまえにもそういう日がくるさ」

レオは泥にまみれながら、ゆかいそうに笑った。

「オレはちがう！」

「幽！　警察がきたよ！」

雫に連れられて警官たちがやってきた。

レオは手錠をかけられ、連れていかれた。

その顔は、最後まで笑っていた。

＊＊＊

「あー。きらいだ。大っきらいだ」

幽は散らばった父の本にうもれて、つぶやいた。

「あんなやつのためにがんばってたなんて」

これまで書きためた原稿の山を足先でけとばす。

「はあ。こんなにもきらいになるなんてな」

ため息をつきつつ、幽は父の手紙をひろげた。

幽はベッドに寝ころがって、父の手紙をながめていた。

なぜだか、この手紙は警察に見せることができなかった。

「幽ー！　今日は学校にいくよ！」

「幽くーん！」

家の外から雫たちの声が聞こえる。

「……」

幽は寝がえりを打って、もう一度最初から手紙を読んだ。

一文字目が『幽』。

まるで自分にあてられた手紙のようだ。

「あてつけかよ」

何度も読んでいると、そういう細かいところが気になってしょうがない。

悪に魅入られた父。

そういえば、幽たちが苦しめられた図書館の謎も父がつくったとか。

「謎、か……。暗号とかつくるの、得意だったもんなあ。あれ？」

幽はもう一度手紙を見た。

最初の二行は5文字が2列。

「なんだっけ？　これ」

三行目は9文字。

「もしかして……」

幽の目がひらく。

鼓動が高まる。

「あ……」

幽の口が開いたままかたまった。

四行目から七行目は文字数がばらばら。

八行目と九行目は12文字ずつ。

「同じだ。図書館の謎と」

幽は息をのんだ。

「あのとき選んだ文字は……」

手紙からメッセージがうかびあがる。

幽かな悪い
心がかねて
よりあり、さかんに私
の魂をゆさぶっていた。このこ
とに気付いた
ので、私は真の悪を生む
君達に与し、私の
生活、幸福を捨てる決心をし
た。より深き悪の誕生を祈る。

月読礼

『幽悪い
がか
あさん
のこ
とた
のむ
君の
幸福を心
より祈る』

「幽、悪いが、母さんのことたのむ。君の幸福を、心より祈る……」

なんだよ、これ。

幽は本の山に顔をつっぷした。

ああ、そうか。そうだったんだ。

父さんは、オレたち家族を守るために……。

どくどくと、自分の鼓動が聞こえる。

どくどく。

父さんの本のにおいがする。

苦しかった。きらいだっていう度、思う度に、胸がしめつけられていた。

「ああああああああああああ」

本当に、きらいになんて、なれなかった。

父さん……、父さん！

あたたかいなみだが顔中をぬらしていた。

ぜったいに、会いにいく。話したいことがたくさんあるんだ。オレ、がんばったんだよ。


「ゆーうー！　いくよー！」

雫の呼び声が聞こえる。

「いま、いく！」

幽はなみだをぬぐって、立ちあがった。

いそいで階段をおりて、玄関を飛びだす。

「もうおそいよー！　あ、泣いてた？　目、赤いよ。こわい夢でも見たの？」

「泣いてねーよ、バカ」

「ほんとにー？」

「そうだよ!!　オレが泣くわけないだろ！」

「あはははは」

また、いつもの、いや、少し前とは変わった日常がもどってきた。

でも、そんなオレたちの世界に死の十二貴族のかげはきっとまたしのびよってくる。

さあ、近づいてこい。

そのときが最大のチャンスだ。

謎の解答！その一 生き物シルエット

一番上の二つのシルエットは、左がライオンのメスで、右がライオンのオスだ。同じように、二番目は左がクワガタのオス、三番目は左がシカのオス、四番目は右がクジャクのオスとなっている。そして、五番目のカマキリは小さいほうがオスなので、右がオスだ。つまり、上から「右」「左」「左」「右」「右」をオス＝押すとドアがひらくというわけさ。

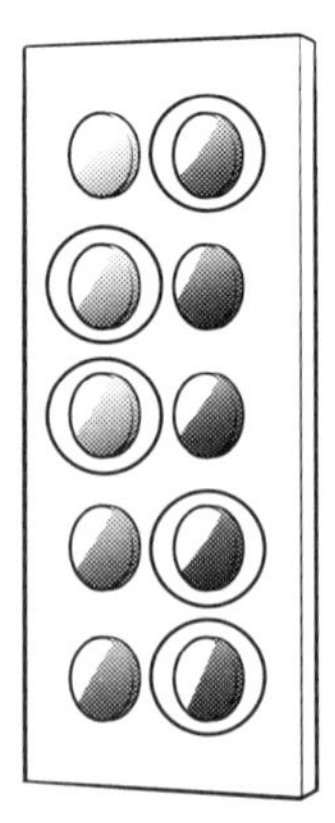

謎の解答！ その二 漢字の家族

ポイントは「部首」だ。「友」「寺」「苗」は「てへん」をつけると、「抜」「持」「描」という漢字にできる。「木」「主」は「きへん」で「林」「柱」にできる。「女」「玉」「谷」は「うかんむり」で「安」「宝」「容」にできる。「子」「本」は「にんべん」で「仔」「体」にできる。「家族になれる」というのは、「同じ部首をつけられる」ということだ。

「友」と「寺」と「苗」は家族になれる
「木」と「主」は家族になれる
「女」と「玉」と「谷」は家族になれる
「子」と「本」は家族になれる

けれど、
「生」と「死」は家族になれない
「父」と「子」は家族になれない

ここにある漢字で同じ部首をつけられるのは、「也」「永」「先」。つける部首は「さんずい」だ。

三人家族になれるのは

週	刃	也	遠	永	机	先	棚	死

謎の解答！その三

本の背表紙の謎

背表紙の数字は、タイトルの文字の「画数」をあらわしている。

たとえば、「本当に必要なのはなんだっけ」（5、6、3、5、9、4、1、3、4、1、6、1、3画）ということだ。

そして、「天と地」つまり、一番上と下の字を読むと、「本け」「のら」「初ひ」「最を」という字がうかぶ。これをそのまま読んではいけない。「横書き」として読むと、「最初の本をひらけ」となる。図書館にあるすべての本には分類番号がつけられていた。「分類番号が一番はやい本」の中に、カギはかくされていたんだ。

天と地を読め

913 サ	599 タ	E.1	159 キ
12	7	1	5
10	2	1	6
1	1	1	3
2	1	1	5
9	10	3	9
13	18	2	4
3	3		1
	2		3
	1		4
	1		1
			6
			1
			3

謎の解答！ その四

落とし穴のメッセージ

この絵をよーく見てみよう。落とし穴のふたのつけ根の部分が黒かったり、白かったりしている。黒い部分の横に書かれている文字だけを読むと、「へいのりこえ進め」という迷宮を抜けるヒントがかくされているんだ。

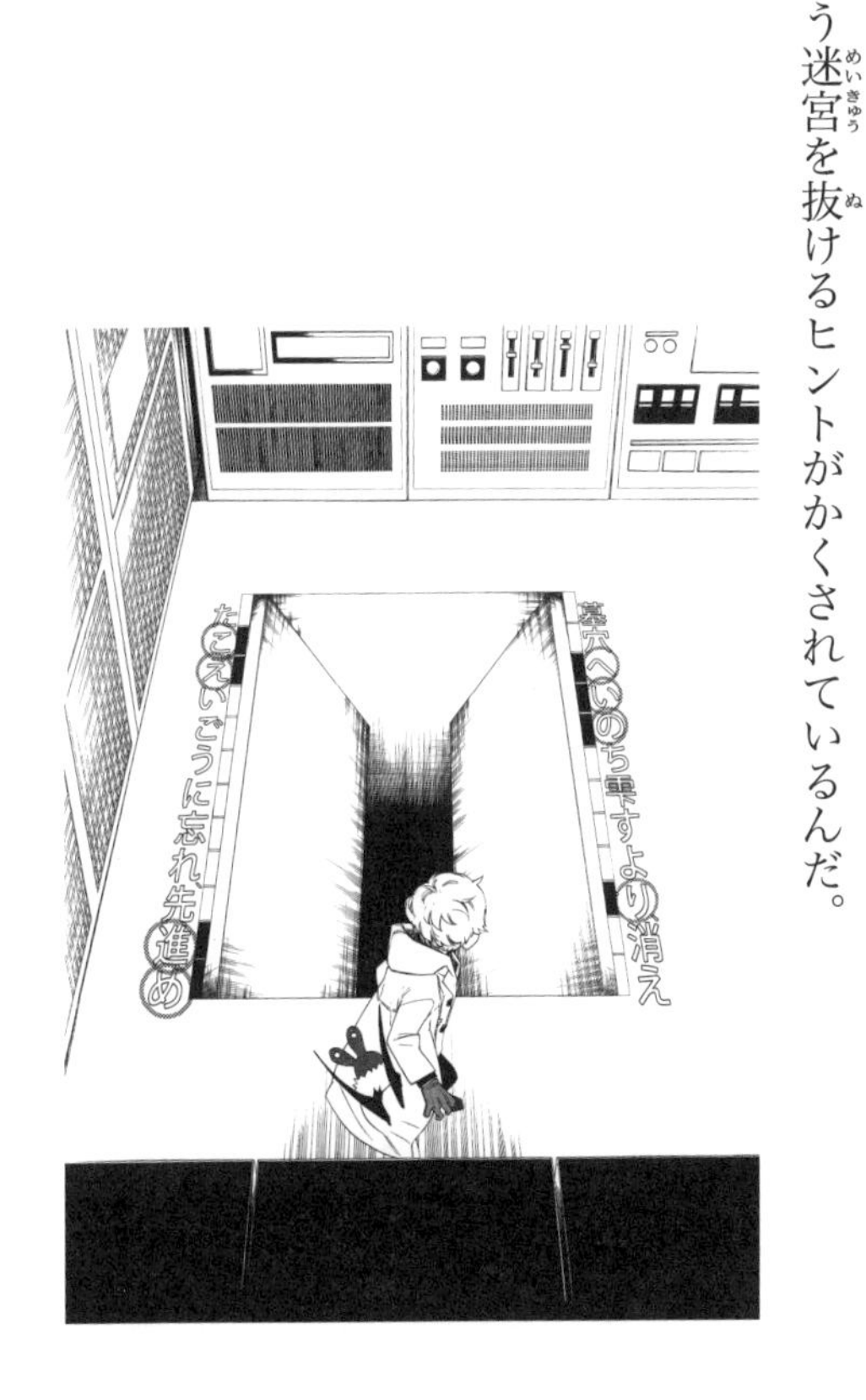

謎の解答！ その五 父の手紙

最後の謎は、これまでの四つの謎、すべての答えを使って解く問題だ。ポイントは一行の文字数が、これまで解いた四つの謎とそれぞれ同じになっているというところだ。

一つ目の謎は五文字が二行。そして、「右」「左」「左」「右」「右」の字を読んだ。

二つ目の謎は九文字が一行。「三文字目」「五文字目」「七文字目」を読んだ。

三つ目の謎は四行あって、それぞれ「一番上」と「一番下」の文字を読んだ。

四つ目の謎では一行目の「三、四、五、十文字目」、二行目の「二、三、十一、十二文字目」を読んだ。

父さんの手紙の中で、それと同じ場所を読むと、メッセージがうかんでくるというわけさ。

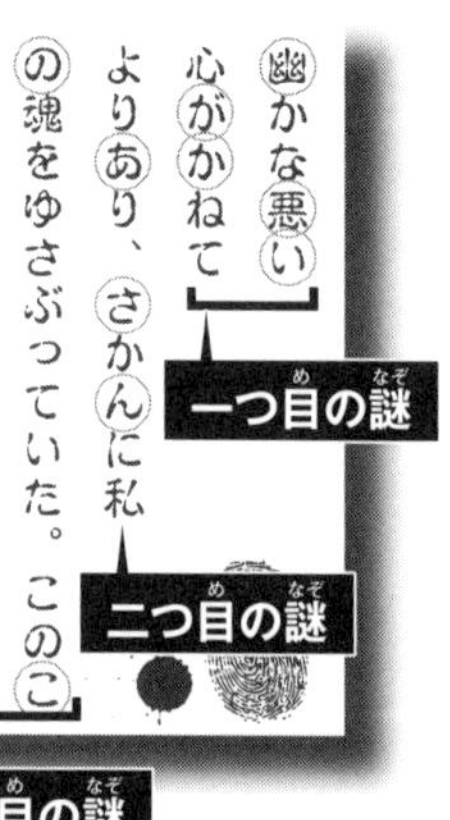

集英社みらい文庫

月読幽の死の脱出ゲーム

謎じかけの図書館からの脱出

近江屋一朗　作
藍本松　絵

ファンレターのあて先
〒101-8050　東京都千代田区一ツ橋2-5-10　集英社みらい文庫編集部
いただいたお便りは編集部から先生におわたしいたします。

2016年4月27日　第1刷発行

発行者　鈴木晴彦
発行所　株式会社 集英社
〒101-8050　東京都千代田区一ツ橋2-5-10
電話　編集部 03-3230-6246
読者係 03-3230-6080
販売部 03-3230-6393（書店専用）
http://miraibunko.jp
装丁　小松昇（Rise Design Room）中島由佳理
印刷　凸版印刷株式会社
製本　凸版印刷株式会社

ISBN978-4-08-321313-7　C8293　N.D.C.913　184P　18cm

戦国ベースボール
SENGOKU-BASEBALL
100年に1度の伝説の大会、地獄三国志トーナメントに出場!!!
ついに
戦国武将
VS
三国志!!!!
2カ月連続発売予定!!
6月24日(金)
第5弾!
7月22日(金)
第6弾!
こいつはスゲーや!
OKEHAZAMA

「みらい文庫」読者のみなさんへ

言葉を学ぶ、感性を磨く、創造力を育む……、読書は「人間力」を高めるために欠かせません。
たった一枚のページをめくる向こう側に、未知の世界、ドキドキのみらいが無限に広がっている。
これこそが「本」だけが持っているパワーです。

学校の朝の読書に、休み時間に、放課後に……。いつでも、どこでも、すぐに続きを読みたくなるような、魅力に溢れる本をたくさん揃えていきたい。読書がくれる、心がきらきらしたり胸がきゅんとする瞬間を体験してほしい、楽しんでほしい。みらいの日本、そして世界を担うみなさんが、やがて大人になった時、「読書の魅力を初めて知った本」「自分のおこづかいで初めて買った一冊」と思い出してくれるような作品を一所懸命、大切に創っていきたい。

そんないっぱいの想いを込めながら、作家の先生方と一緒に、私たちは素敵な本作りを続けていきます。「みらい文庫」は、無限の宇宙に浮かぶ星のように、夢をたたえ輝きながら、次々と新しく生まれ続けます。

本を持つ、その手の中に、ドキドキするみらい――。
本の宇宙から、自分だけの健やかな空想力を育て、〝みらいの星〟をたくさん見つけてください。
そして、大切なこと、大切な人をきちんと守る、強くて、やさしい大人になってくれることを心から願っています。

2011年　春

集英社みらい文庫編集部